Über den Autor:

Alberto Moravia wurde am 28. November 1907 in Rom als Sohn eines aus Mähren eingewanderten Architekten geboren. In seiner Jugend jahrelang von einer schweren Krankheit ans Bett gefesselt, wurde er von einem Privatlehrer erzogen. Nach seiner Genesung begann er 1925 zu schreiben. Sein Roman «Die Gleichgültigen» (1929; rororo Nr. 570) wurde von den Faschisten ebenso verboten wie die Novelle «La mascherata» (1941), eine getarnte satirische Darstellung der Diktatur. In seiner Heimat verfemt, ging er als Zeitungskorrespondent nach Griechenland, England, China, Rußland und Amerika. Sein Knabenroman «Agostino» (1944) erhielt den ersten italienischen Literaturpreis, der nach der Befreiung des Landes verliehen wurde. 1951 wurde Alberto Moravia zum erstenmal für den Nobelpreis vorgeschlagen. 1952 erhielt er den Premio Strega.

Als rororo-Taschenbücher sind von Alberto Moravia erschienen: «Gefährliches Spiel» (Nr. 331), «Die Römerin» (Nr. 513), «Cesira» (Nr. 637), «Die Mädchen vom Tiber» (Nr. 673), «Römische Erzählungen» (Nr. 705), «La Noia» (Nr. 876), «Inzest» (Nr. 1077), «Ich und Er» (Nr. 1666), «Das Paradies» (Nr. 1850), «Ein anderes Leben» (Nr. 4083), «Desideria» (Nr. 4757), «1934 oder Die Melancholie» (Nr. 5485), «Die Verachtung» (Nr. 5627), «Die Lichter von Rom» (Nr. 5628), «Der Konformist» (Nr. 5629), «Der Ungehorsam» (Nr. 5631) und «Judith in Madrid» (Nr. 5834).

Alberto Moravia

Agostino

Roman

Deutsch von
Dorothea Berensbach

Rowohlt

Die Originalausgabe erschien
bei Gruppo Editoriale Fabbri-Bompiani,
Sonzogno, Etas S. p. A., Milano
unter dem Titel «Agostino»
Umschlagentwurf Dieter Ziegenfeuter

61.–65. Tausend September 1988

Veröffentlicht im Rowohlt Taschenbuch Verlag GmbH,
Reinbek bei Hamburg, November 1963

Gesamtherstellung Clausen & Bosse, Leck
Printed in Germany
580-ISBN 3 499 15630 x

In diesen frühen Sommertagen fuhr Agostino jeden Morgen mit seiner Mutter im Boot aufs Meer hinaus. Die ersten Male hatten sie noch einen Bootsmann mitgenommen, aber Agostino zeigte täglich deutlicher seinen Ärger über die Gegenwart eines Dritten, und so wurden ihm allmählich die Ruder allein anvertraut. Am Morgen war das Meer ruhig und durchsichtig und er ruderte mit tiefem Behagen. Die Mutter saß ihm gegenüber; sie plauderten fröhlich und waren heiter wie Himmel und Meer. Agostino kam sich dabei fast erwachsen vor, gar nicht wie ein dreizehnjähriger Junge. Seine Mutter war eine schöne, jugendliche Frau und er war jeden Morgen, wenn sie ihre Fahrt begannen, von neuem stolz auf sie. War es nicht so, daß dann alle Badenden am Strand seine Mutter bewunderten und ihn selbst beneideten? Er meinte, jeder schaue nur auf ihn und so kam ihm seine eigene Stimme ungewöhnlich laut vor: er gebärdete sich auffällig und spielte überhaupt ein wenig Theater, als ob er sich nicht einfach am Strande befände, sondern auf einer Bühne unter den aufmerksamen Augen von hundert Zuschauern. Über einen neuen Badeanzug der Mutter machte er laute Bemerkungen, sich heimlich vergewissernd, ob man auch zuhörte. Oder wenn ihn die Mutter vom Boot zurückschickte, weil irgend etwas in der Kabine vergessen worden war, dann gehorchte er mit stillem Vergnügen an den kostbaren Minuten, um die er das Schauspiel der Abfahrt noch verlängern konnte. Endlich stiegen sie dann ein. Agostino nahm die Ruder und holte weit aus. Und nur langsam verebbte in ihm die erregende Verwirrung seiner kindlichen Eitelkeit.

In einer gewissen Entfernung vom Ufer ließ die Mutter den Sohn halten, setzte die Badehaube auf und machte sich daran, ins Wasser zu gleiten. Agostino folgte ihr. Das verlassene Boot trieb mit eingezogenen Rudern dahin, die beiden schwammen drum herum und ihre Stimmen lachten über das stille, gleißende Wasser. Oder die Mutter zeigte ihm in einiger Entfernung ein schwimmendes Korkstück, gab ihm einen kleinen Vorsprung und dann versuchten sie, wer es zuerst erreiche. Manchmal wetteiferten sie auch im Tauchen. Sie sprangen vom Bootsrand, das klare Wasser zerstäubte, und Agostino sah den hellen Körper der Mutter versinken in einem grünen Schleier von aufgewühlten Algen; er stürzte sich ihr nach mit dem Wunsch, ihr überallhin zu folgen, und sei es bis zum Meeresgrund. Er schwamm im mütterlichen Kielwasser und selbst dies kalte und fremde Element schien im Vorübergleiten noch eine Spur des geliebten Körpers zu bewahren. Nach dem Bade stiegen sie wieder ins Boot, und die Mutter schien jetzt in die Fülle des Lichts ringsum zu versinken.

«Schau, wie schön das alles ist!» Agostino antwortete nicht. Für ihn waren die heitere Schönheit der Sommertage und seine innige Verbundenheit mit der Mutter eines. Ab und zu dachte er darüber nach, was wohl von all der Schönheit übrig bliebe, wenn dieses Zusammengehören nicht wäre. Sie ruhten und ließen sich von der gegen Mittag heißer brennenden Sonne trocknen. Dann ging die Mutter ans andere Ende des Bootes, lehnte sich zurück mit zum Himmel gewandtem Gesicht, schloß die Augen und schien einzuschlafen. Agostino betrachtete abwechselnd die Mutter und das Meer, wagte sich dabei auf seiner Bank nicht zu rühren und atmete kaum, aus Furcht, diesen Schlummer zu stören. Plötzlich öffnete die Mutter die Augen und sagte, wie schön es sei, auf dem Rücken zu liegen und mit geschlossenen Lidern das schwankende, fließende Wasser unter der Bootswand zu spüren. Zuweilen bat sie Agostino, ihr die Zigarettendose zu reichen oder sogar, ihr eine anzuzünden; kleine Bitten, die Agostino mit leidenschaftlicher Bereitschaft erfüllte. Während die Mutter schweigend rauchte, hockte der Junge auf der Bank, drehte ihr halb den Rücken zu und sah den blauen Wölkchen nach, die daher kamen, wo der Kopf der Mutter lag.

Die Mutter konnte sich nie genug an der Sonne ersättigen; oft bat sie Agostino weiterzurudern, ohne sich umzudrehen. Dann entblößte sie den Oberkörper, um sich ganz dem Lichte hinzugeben. Agostino ruderte dahin und war stolz über seine Verantwortung, als ob ihm gestattet worden sei, an einem feierlichen Ritus teilzunehmen. Es kam ihm gar nicht in den Sinn, sich umzudrehen; der bloße Körper schien von einem Mysterium umgeben zu sein, das größte Verehrung forderte.

An einem solchen Morgen saß die Mutter wie gewöhnlich unter dem Sonnenschirm. Agostino hockte neben ihr auf dem Sand und erwartete die gewohnte Bootsfahrt. Plötzlich dunkelte der Sand vor ihm unter dem langen Schatten eines Menschen; Agostino hob die Augen und sah einen braungebrannten jungen Mann, welcher der Mutter die Hand hinstreckte. Es machte ihm keinen großen Eindruck, er dachte, es handle sich um einen der gewöhnlichen Gelegenheitsbesuche; daher zog er sich leicht zurück und wartete auf das Ende der Unterhaltung. Aber der junge Mann nahm die Aufforderung zum Sitzen nicht an, sondern wies auf das weiße Boot, mit dem er gekommen war und lud die Mutter zu einer Fahrt auf dem Meer ein. Agostino war überzeugt, die Mutter würde auch diese, wie viele vorangegangene Aufforderungen ablehnen. Um so größer war sein Erstaunen, als sie ohne weiteres zustimmte und sogleich Bademantel und Mütze, Sandalen und Tasche herrichtete und sich erhob. Mit einer spontanen und freundlichen Einfachheit hatte die Mutter den Vorschlag des Mannes angenommen, mit einer Einfachheit, wie sie sonst die Beziehungen zu ihrem Sohn ausmachte. In dieser schlichten und natürlichen Art wandte sie sich jetzt zu Agostino, der mit gesenktem Haupt sitzengeblieben war und Sand durch die geschlossene Faust rinnen ließ. Sie sagte ihm, er solle ruhig allein baden, sie wolle eine Rundfahrt machen und in Kürze zurückkommen. Der junge Mann schien seiner Sache ganz sicher zu sein, er war inzwischen bereits zum Boot zurückgekehrt, wohin ihm die Frau in überlegener und unbefangener Langsamkeit, aber doch fügsam, folgte. Als Agostino die beiden betrachtete, mußte er sich sagen, daß jener Stolz, jene Eitelkeit und Bewegtheit, die ihn sonst bei ihren Abfahrten auf das Meer ergriffen hatten, sich jetzt in der Seele dieses jungen Mannes breitmachten. Er sah die Mutter ins Boot steigen, sah, wie der Fremde sich zurechtsetzte und das Boot mit wenigen kurzen Schlägen aus dem flachen Wasser vom Ufer wegdrängte. Während der junge Mann ruderte, hielt sich die Mutter mit beiden Händen am Sitz fest und plauderte. Das Boot wurde immer kleiner, gelangte allmählich in die blendende Lichtzone, welche die Sonne auf der Oberfläche des Wassers ausbreitete und zerlöste sich langsam in ihr.

Agostino war allein. Er warf sich auf den Liegestuhl, verschränkte die Arme unter dem Nacken und versuchte gleichgültig zu erscheinen. Es war ihm, als hätten alle Badegäste am Strand in den vergangenen Tagen seine Fahrten mit der Mutter bemerkt und deshalb könnte ihnen seine Verlassenheit nicht entgehen. Darum wollte er vermeiden, seine bitteren Gefühle der Verletztheit und Enttäuschung zu zeigen. Aber so sehr er sich auch um den Anschein von Haltung und Heiterkeit bemühte, er kam nicht über die Sorge hinweg, jeder könne die Unwahrheit und Anstrengung dieser Pose an seinem Gesicht ablesen. Daß die Mutter den jungen Mann ihm vorzog, hatte ihn weniger verletzt als die eilfertige, freudige, wie vorbedachte Beglücktheit, mit der sie die Einladung angenommen hatte. Sicher hatte sie sich schon vorgenommen, eine solche Gelegenheit sich nicht entgehen zu lassen. Vielleicht hatte sie sich bei all den vergangenen Touren gelangweilt und er war nur als Ersatz mitgenommen worden. Der heutige Vorfall weckte eine vergessene Erinnerung in ihm, die seine Verstimmung noch erhöhte. Er war damals mit der Mutter zu einem Ball in ein befreundetes Haus gegangen. Eine seiner Kusinen wurde dort während der ersten Runden hoffnungslos von allen Tänzern vernachlässigt, deshalb ließ sie sich herab, ein paarmal mit dem Jungen in kurzen Hosen zu tanzen. Aber sie zog ein langes, unzufriedenes Gesicht, bewegte sich ungraziös, und obwohl Agostino scharf auf die Schritte aufpassen mußte, bemerkte er sehr bald die verächtlichen und für ihn wenig schmeichelhaften Gedanken seiner Partnerin. Er wußte selbst nicht, wie er dazu kam, sie ein drittes Mal aufzufordern, er war überrascht, als sie auf einmal lächelte, sich rasch erhob und mit beiden Händen das verknitterte Kleid glattstrich. Aber statt zu ihm zu kommen, wich sie ihm aus und eilte einem jungen Mann entgegen, der ihr über Agostinos Schulter hinweg zugewinkt hatte. Die ganze Szene dauerte nicht länger als fünf Sekunden und niemand außer Agostino selbst hatte sie bemerkt. Aber er fühlte sich gedemütigt, weil er glaubte, alle hätten seine Niederlage beobachtet.

Jetzt, nach der Abfahrt der Mutter mit dem jungen Mann, verglich er diese beiden Erlebnisse. Wie die Kusine, so hatte auch die Mutter nur eine geeignete Gelegenheit abgewartet, um ihn im Stich zu lassen, und zu seiner tiefen Enttäuschung die erste, beste Begleitung angenommen, die sich ihr bot.

Sie blieb an diesem Tag mehrere Stunden auf dem Meer. Unter dem Sonnenschirm hervor beobachtete er, wie sie bei ihrer Rückkunft am Ufer ausstieg, dem jungen Mann die Hand reichte, mit gesenktem Haupt durch die brennende Mittagssonne schritt und sich ohne Hast der Kabine näherte. Der Strand lag nunmehr verlassen da; das war ein Trost für Agostino, der immer noch überzeugt war, alle Badenden richteten ihre Aufmerksamkeit ständig auf seine Familie. «Was hast du gemacht?» fragte ihn die Mutter uninteressiert. «Ich war sehr vergnügt», begann Agostino und behauptete, auch er sei im Meer gewesen mit den Jungen der nächstgelegenen Kabine. Aber die Mutter hörte schon nicht mehr zu und ging rasch zur Badehütte, um sich umzuziehen. Agostino nahm sich vor, unter irgendeinem Vorwand davonzugehen, wenn am nächsten Tag das weiße Boot des jungen Mannes wieder auftauchen sollte. Aber am folgenden Morgen wurde er von der Mutter zurückgerufen. «Komm, wir fahren aufs Meer hinaus!» Agostino folgte und dachte, sie wolle den jungen Mann verabschieden und allein mit ihm bleiben. Aber der Fremde erwartete sie im Boot, die Mutter begrüßte ihn und sagte nur: «Heute bringe ich auch meinen Sohn mit.» So kauerte sich Agostino mißmutig neben die Mutter, während der junge Mann sie hinausruderte.

Agostino hatte seine Mutter bisher immer in einer würdevollen, gehaltenen, dabei doch frohen Stimmung erlebt. Deshalb war er sehr verwundert über ihre Veränderung während dieser Fahrt, die sich nicht nur in ihren Stimmungen, sondern in ihrer ganzen Persönlichkeit äußerte. Sie war nicht mehr die gleiche wie früher. Kaum waren sie aufs Meer hinausgelangt, als die Mutter mit stichelnden und anzüglichen Bemerkungen, die für Agostino unverständlich blieben, eine merkwürdige, unklare Unterhaltung begann. Soviel er begreifen konnte, handelte es sich um eine Freundin des jungen Mannes und um einen anderen, der bei ihr mehr Glück hatte. Aber das war nur ein Vorwand; bald ging das Gespräch einschmeichelnd, zäh, verschmitzt und boshaft weiter. Die Mutter schien der aggressivere und zugleich wehrlosere Teil der beiden zu sein, während der junge Mann, als ob er seiner Sache sicher wäre, bedachtsam und mit einer beinahe ironischen Ruhe antwortete.

Zuweilen war sie unzufrieden, ja geradezu erzürnt auf den Bekannten. Dann freute sich Agostino, aber bald darauf zerstörte zu seiner Enttäuschung ihre nächste, einschmeichelnde Phrase diesen Eindruck. Oder die Mutter warf dem Begleiter lachend ein paar unverständliche Vorwürfe hin. Aber an Stelle der erwarteten Empörung verklärte sich seltsamerweise das Gesicht des jungen Mannes zu einem Ausdruck alberner Eitelkeit. Wahrscheinlich konnten diese Vorwürfe nicht so ernst gemeint sein, wie sie wirkten, sondern mußten einen Sinn in sich verbergen, den er nicht erfassen konnte. Im übrigen schien die Mutter ebenso wie der Fremde seine Gegenwart vollständig zu übersehen. Die Frau trieb diese Nichtbeachtung sogar so weit, dem Partner zu versichern, sie würde nicht mehr wie am Vortage den Fehler begehen und mit ihm allein fahren. Von nun an würde ihr Sohn immer mit dabei sein. Dieses Gespräch verletzte Agostino tief, er fühlte sich nicht als Mensch mit unabhängigem Willen, sondern wie ein Gegenstand behandelt, über den man nach Laune verfügen konnte. Nur einmal erinnerte sich die Mutter seiner Anwesenheit, als der junge Mann plötzlich die Ruder gleiten ließ, sich mit einem boshaften Gesichtsausdruck vorbeugte und halblaut einen kurzen Satz hervorstieß, den Agostino nicht begriff. Daraufhin sprang die Mutter in übertriebener Empörung und vorgetäuschtem Abscheu auf und rief: «Nehmen Sie wenigstens Rücksicht auf diese Unschuld!» und zeigte auf den neben ihr sitzenden Agostino. Als dieser sich so bloßgestellt sah, bebte er vor Widerwillen, wie unter einem schmutzigen Gewand, dessen er sich nicht entledigen konnte.

Als das Boot sich genügend vom Ufer entfernt hatte, schlug der Fremde der Mutter vor, ein Bad zu nehmen. Oft hatte Agostino die Einfachheit bewundert, mit der sie sich ins Wasser gleiten ließ und er war deshalb betroffen über die ungewohnten Bewegungen bei der gewohnten Handlung. Der junge Mann war ins Wasser gesprungen und bereits wieder aufgetaucht, als die Mutter noch immer zögernd das Wasser mit den Zehenspitzen prüfte, ob aus geheuchelter Angst oder Sprödigkeit wurde ihm nicht ganz klar. Sie wehrte sich, protestierte lachend und hielt sich mit den Händen am Sitz fest. Endlich lehnte sie sich mit einer Hüfte und einem Bein in beinahe unanständiger Haltung hinaus und ließ sich widerstandslos in die Arme des Begleiters fallen. Beide gingen gemeinsam unter und kamen zusammen an die Oberfläche zurück. Agostino kauerte sich auf den Sitz und betrachtete das lachende Gesicht der Mutter zusammen mit dem braunen, ernsten des Mannes, deren beider Wangen sich zu berühren schienen. Im klaren Wasser bewegten sich die Körper zueinander hin, als ob sie sich umschlingen, oder aber sich stoßen wollten mit Beinen und Flanken. Zuerst beobachtete Agostino die beiden, dann sah er zum fernen Ufer hinüber und kam sich überflüssig vor. Beim

Anblick seines finsteren Gesichtes beschämte und demütigte ihn die Mutter an diesem Morgen zum zweitenmal: «Warum bist du so griesgrämig? Sieh doch, wie schön es hier ist! ... Gott, was habe ich für einen langweiligen Sohn!» Agostino antwortete nicht, sondern ließ seine Augen woandershin schweifen. Das Bad dauerte lange. Die Mutter und ihr Begleiter spielten im Wasser wie zwei Delphine und hatten ihn vollständig vergessen. Endlich kamen sie wieder heraus. Der junge Mann schwang sich ins Boot und beugte sich vor, um ihr aus dem Wasser zu helfen. Agostino betrachtete die Hände des Fremden, deren Finger sich beim Emporheben der Mutter in das braune Fleisch zwischen Schulter und Achselhöhle eingruben, dort wo die Arme am weichsten sind. Dann setzte sie sich seufzend und lachend neben Agostino und ordnete mit spitzen Fingern den nassen Badeanzug über der Brust, um zu vermeiden, daß die Spitzen und die Rundung der Brüste allzu auffällig durchschienen. ‹Früher hatte die kräftige Mutter bei ihren Fahrten nie Hilfe gebraucht, um ins Boot zu gelangen›, dachte Agostino und schrieb jene Hilferufe und Körperbewegungen, die sich in weiblicher Ungeschicklichkeit zu gefallen schienen, dem neuen Gast zu, der schon jetzt so viele entwürdigende Veränderungen hervorgebracht hatte. Er konnte sich der Tatsache nicht verschließen, daß die Mutter, eine Frau von Welt, plötzlich ihre Würde als ein Hindernis empfand; daß sie versuchte, sich dieses Hindernisses freiwillig zu entledigen, weil sie es als eine langweilige Angelegenheit ansah, die man am besten durch einen Coup beiseite schob.

Die Rückfahrt begann. Diesmal wurden Agostino die Ruder anvertraut und die beiden setzten sich auf die Querbank zwischen den Bootshälften. Er begann in der brennenden Sonne langsam zu rudern und fragte sich immer wieder, was es wohl für eine Bewandtnis habe mit den Stimmen, Bewegungen und dem Gelächter hinter seinem Rücken. Die Mutter streckte manchmal ihre Hand aus und gab seinem Nacken von rückwärts eine ungeschickte Liebkosung, als erinnere sie sich plötzlich seiner Gegenwart. Oder sie versuchte ihn durch Aufmunterungen anzuspornen. «Ich bin nicht müde», brummte Agostino. Er hörte, wie der Fremde lachend sagte: «Das Rudern tut ihm gut», und brachte wütend das Boot mit einem kräftigeren Schlag vorwärts. Die Mutter lehnte ihren Kopf an die Bank, auf der er saß, und streckte die Beine lang aus. Soviel wußte er. Aber diese Lage schien nicht immer beibehalten zu werden. Auf einmal entstand hinter ihm ein Wirrwarr und anscheinend ein kurzer Kampf, an dem die Mutter beinahe zu ersticken drohte. Sie stotterte etwas und erhob sich, das Boot kippte nach einer Seite; Agostino verspürte einen Augenblick lang an seiner Wange den Leib der Mutter, der ihm weit erschien wie der Himmel und voll eines merkwürdig pulsierenden Lebens, an dem er nicht teil hatte und das sich seiner Kontrolle entzog. «Ich setze mich nur dann wieder hin», sagte sie, breitbeinig dastehend, «wenn Sie mir versichern, sich anständig zu benehmen.»

«Ich verspreche», hörte er den jungen Mann in falscher, spielerischer Ernsthaftigkeit antworten. Daraufhin ließ sie sich von neuem schwerfällig auf der Querbank nieder, und ihr Körper rieb im Vorbeistreifen gegen die Wange des Sohnes. Agostino blieb jene Feuchtigkeit auf der Haut zurück, welche dem in einem nassen Anzug eingeschlossenen Körper eigen ist, eine Feuchtigkeit, die der stärkeren Wärme weicht und sich dampfend verflüchtigt; und obwohl er ein lebhaftes Gefühl unklaren Widerwillens empfand, wollte er sich aus Halsstarrigkeit doch nicht abtrocknen.

Sobald sie sich dem Ufer näherten, sprang der junge Mann behende auf und verscheuchte Agostino vom Rudersitz. Der Junge war dadurch gezwungen, sich neben die Mutter zu setzen. Diese zog ihm gleich mit der Hand den Gürtel zurecht — eine ungewöhnliche und in diesem Zusammenhang gänzlich überflüssige Geste — und fragte ihn: «Na, wie geht es, bist du zufrieden?», aber in einem Ton, der gar keine Antwort erwartete. Sie schien außergewöhnlich heiter zu sein, auf einmal fing sie ganz plötzlich an zu singen und trällerte mit melodischer Stimme einen sentimentalen Schlager, der Agostino erschaudern ließ. Auch beim Singen hörte sie nicht auf, ihn an sich zu drücken, so daß er ganz durchnäßt wurde von der Feuchtigkeit ihres Anzugs, einer Nässe, die erwärmt und durchdrungen schien von einer Art bitteren Schweißgeruchs aus wilder, animalischer Hitze. So, während die Frau sang und dem Sohn das Herz schwer war vor Überdruß, ruderte der Fremde zum Ufer zurück.

Auch am folgenden Tag erschien der junge Mann wieder, die Mutter hieß Agostino mitkommen und es wiederholten sich ungefähr dieselben Szenen des Vortages. Dann, nach einer Unterbrechung von mehreren Tagen, wurde eine neue, gemeinsame Fahrt unternommen. Endlich schien sich die Vertrautheit zwischen der Mutter und dem Fremden so gefestigt zu haben, daß er sie allmorgendlich abholte und jeden Tag war Agostino von neuem gezwungen, sie zu begleiten und Zeuge ihrer Unterhaltungen und Spiele im Wasser zu sein. Sein Widerwille gegen diese Fahrten wuchs und er erfand allmählich tausend Vorwände, um sich von ihnen zu befreien. Bald verschwand er plötzlich und ließ sich nicht wieder blikken, hätte nicht die Mutter – nachdem sie ihn lange Zeit vergeblich gesucht hatte – ihn weniger durch ihr Rufen gezwungen, sich zu zeigen, als durch ein schmerzliches Mitleid mit ihr, welches Langeweile und Mißvergnügen momentan in ihm auslöschte. Oder er setzte sich verdrießlich ins Boot und hoffte, die beiden würden seinen Mißmut bemerken und sich entschließen, ihn dazulassen. Aber am Ende war er doch immer der schwächere und bedauernswerte

Teil. Den andern beiden genügte seine Gegenwart, im übrigen kümmerten sie sich überhaupt nicht um seine Gefühle. So wurden die Fahrten trotz seines Widerstandes fortgesetzt.

Eines Morgens hockte Agostino auf dem Sand hinter dem Liegestuhl der Mutter und wartete darauf, das weiße Boot auf den Wellen heranschießen zu sehen, dem die Mutter dann entgegenwinken würde. Aber die gewohnte Stunde, in welcher der Fremde sonst erschien, verstrich und der enttäuschte und gelangweilte mütterliche Ausdruck zeigte deutlich, daß sie nicht mehr mit seinem Kommen rechnete. Agostino hatte oft versucht, sich vorzustellen, was er wohl in einem solchen Fall empfinden würde und er hatte immer gedacht, seine Freude würde mindestens ebenso groß sein wie die Bitterkeit der Mutter. Er war daher erstaunt, nichts als eine leere Enttäuschung zu verspüren. Dadurch begriff er plötzlich, daß ihm jene Erniedrigungen und der Widerwille gegen die täglichen Ausflüge in der letzten Zeit allmählich eine Lebensnotwendigkeit geworden waren. Aus einem unklaren und unbewußten Wunsch heraus, die Mutter leiden zu lassen, fragte er sie mehrmals, ob sie denn heute nicht die gewohnte Bootsfahrt mache. Sie antwortete ihm jedesmal, sie wüßte nichts darüber, aber es wäre schon möglich. Sie ruhte im Liegestuhl mit einem geöffneten Buch auf dem Schoß, aber sie las nicht, sondern suchte immer wieder von neuem mit enttäuschten Augen das allmählich von Schwimmern und Booten verlassene Meer ab. Nachdem Agostino lange Zeit auf dem Sand gelegen hatte, erhob er sich plötzlich, pflanzte sich vor der Mutter auf und wiederholte in einem Ton, der ihm selbst spöttisch und vorlaut erschien: «Fahren wir heute wirklich nicht aufs Meer hinaus?» Vielleicht spürte die Mutter den Spott und den Wunsch, sie zu verletzen; oder die paar naseweisen Worte genügten, um eine lang aufgestaute Gereiztheit hervorbrechen zu lassen. Jedenfalls erhob sie die Hand und gab dem Jungen eine tüchtige Ohrfeige. Agostino sagte nichts, wich nur zurück und entfernte sich dann mit gesenktem Kopf zu den Kabinen. «Agostino... Agostino!» hörte er mehrmals rufen. Dann blieb alles ruhig und als er sich umdrehte, glaubte er zwischen einigen Barken auf dem Meer auch das weiße Boot des Fremden zu entdecken. Aber nun berührte ihn dies alles nicht mehr. Er lief davon, um sich mit seiner Ohrfeige zu verkriechen, da ihm das Geschehene so neu und ganz unglaublich vorkam.

Seine Backe brannte, er konnte die Tränen nur mühsam zurückhalten und rannte um so schneller, je mehr er fürchten mußte, in lautes Weinen auszubrechen, bevor er einen Zufluchtsort erreichte. Die Bitterkeit all der vergangenen Tage, an denen er gezwungen war, die Mutter und den jungen Mann zu begleiten, brach sich jetzt gewaltsam Bahn, und es schien ihm, als ob diese befreiende Entspannung endlich etwas Klarheit in die dunklen Begebnisse der letzten Zeit brächte. Als er vor der Kabine stand, hielt er einen Augenblick inne und suchte nach einem Versteck. Dann fand er es am einfachsten, sich in der Kabine zu verbergen. Die Mutter blieb gewiß lange auf dem Meer und niemand würde ihn hier stören. Agostino erklomm eilig die Stufen, öffnete die Tür, schlüpfte hinein, ohne sie wieder richtig zu schließen und setzte sich in die hinterste Ecke auf einen Schemel. Er kauerte sich mit angezogenen Knien zusammen, lehnte seinen Kopf gegen die Wand, nahm das Gesicht in beide Hände und fing an, bitterlich zu schluchzen. Zwischen den Tränenausbrüchen grübelte er über die empfangene Ohrfeige nach. Mit dem brennenden Gefühl der Demütigung vermischten sich – noch stärker, wenn das überhaupt möglich war – tausend unangenehme Erinnerungen verletzter Empfindlichkeit aus den vergangenen Tagen. Vor allem eine Erinnerung kehrte immer wieder in sein Gedächtnis zurück: der Moment, als sich der Körper der Mutter gegen seine Wange gepreßt hatte, eingeschlossen in den nassen Anzug, bebend und erregt durch eine lüsterne Lebendigkeit, die er sich nicht zu erklären vermochte. Ebenso wie beim Ausklopfen alter Kleider große Staubwolken herauskommen, so hatte die ungerechte Ohrfeige, in der die Ungeduld der Mutter nachzitterte, die Erregung jener anderen körperlichen Berührung wieder ganz deutlich wachgerufen. Manchmal schien sich sogar die Vorstellung jener inneren Unruhe über die Erinnerung an den empfangenen Schlag zu schieben; in anderen Momenten vermischten sich beide Gedanken zu einem wirren Tumult in seinem Herzen. Während er verstehen konnte, daß die Spur des Schlages auf seiner Wange andauerte – sich ab und zu wieder entzündend wie ein Feuer, das nur langsam verlöscht –, blieben ihm dagegen die Gründe für die zähe Beharrlichkeit jenes anderen Vorgangs dunkel. Warum hatte sich gerade dieser Eindruck unter so vielen derart lebhaft eingeprägt? Er hätte es nicht zu sagen vermocht, aber es schien ihm, als ob er sein Leben lang nur an jenen Moment zurückdenken brauchte, um das Zucken des Leibes und die Rauheit des nassen Stoffes wieder auf seiner Haut zu spüren. Er weinte ganz leise, um diese schmerzlichen Erinnerungen nicht zu unterbrechen und wischte sich nur mit den Fingerspitzen die Tränen ab, die langsam über seine schmutzigen Backen liefen.

In der Kabine herrschte eine dichte und schwüle Dunkelheit. Plötzlich war es ihm, als ob sich die Tür öffnete, und er wünschte sich beinahe, die Mutter käme reuevoll und zärtlich zurück, legte einen Arm um seine Schultern und würde mit einer Hand unter dem Kinn sein Gesicht zu ihr emporheben. Er bereitete sich schon darauf vor, ‹Mama› zu murmeln, als er jemand hereinkommen hörte und die Tür sich schloß, ohne daß eine Hand ihn liebkoste.

Er hob den Kopf und blickte sich um. Ein ungefähr

gleichaltriger Knabe stand in spähender Haltung neben dem Spalt der halbgeschlossenen Tür. Er trug kurze Hosen mit umgeschlagenen Aufschlägen und ein abgeschnittenes Ruderhemd mit einem großen Loch mitten auf dem Rücken. Ein dünner, heller Sonnenstrahl stahl sich durch die Ritzen der Kabine und ließ die Locken auf seinem Nacken in warmem Kupferton aufleuchten. Mit nackten Füßen, die Hände um den Türstock gelegt, überblickte er den Strand und schien Agostino noch nicht bemerkt zu haben.

Agostino wischte sich mit dem Handrücken über die Augen und begann: «Sag mal, was willst du hier?»

Aber der andere drehte sich nur um und bedeutete ihm zu schweigen. Er hatte ein grobes, sommersprossiges Gesicht, in dem vor allem die großen Pupillen der finsteren blauen Augen bemerkenswert waren. Agostino glaubte, ihn wiederzuerkennen; der Junge stammte sicherlich aus einer der Fischer- oder Bademeisterfamilien und er hatte ihn vermutlich beim Herausschieben der Boote oder ähnlichen Verrichtungen am Strande gesehen.

«Wir spielen Räuber und Gendarm», wandte sich der Bursche nach einer Pause an Agostino, «die andern dürfen mich hier nicht entdecken.»

«Was bist du denn?» fragte ihn Agostino, sich eilig die Tränen abwischend.

«Ein Räuber natürlich», gab der andere zur Antwort, ohne sich weiter um ihn zu kümmern.

Agostino musterte den Knaben eingehend. Er war sich noch nicht im klaren, ob er ihm gefiel, aber der andere sprach einen breiten Dialekt, der ihm fremdartig vorkam und ihn neugierig machte. Außerdem sagte ihm sein Instinkt, daß die Flucht des fremden Jungen in seine Kabine eine besondere Gelegenheit wäre, die er sich nicht entgehen lassen dürfe; warum, hätte er nicht erklären können.

«Läßt du mich auch mitspielen?» fragte er eifrig.

Der andere drehte sich halb um und maß ihn verächtlich mit den Augen von oben bis unten. «Was hast denn du dabei zu suchen», bemerkte er obenhin, «wir spielen nicht mit Fremden.»

«Ach du», wiederholte Agostino mit verschämter Beharrlichkeit, «laß mich doch mitmachen!»

Der Junge zuckte die Achseln und sagte: «Du kommst außerdem zu spät, das Spiel ist fast zu Ende.»

«Und beim nächsten Spiel...»

«Das war das letzte», antwortete der Knabe, ihn allmählich zweifelnd und erstaunt ob soviel Hartnäckigkeit betrachtend, «dann gehen wir in den Wald.»

«Wenn es euch recht ist, dann komme ich auch mit.»

Der Junge fing an zu lachen, halb vergnügt, halb verächtlich: «Du bist wirklich komisch... aber wir wollen dich nicht dabei haben...»

Agostino hatte sich noch nie in einer ähnlichen Lage befunden, aber wie sein Instinkt ihm eingegeben hatte, den Jungen um das Mitspielen zu bitten, so riet ihm sein Verstand jetzt, jedes Mittel anzuwenden, um dieses Ziel zu erreichen.

«Du, hör mal», sagte er unentschlossen, «wenn ... wenn du mich mitnimmst zu eurer Bande, dann schenke ich dir etwas ...»

Der andere drehte sich sofort mit einem gierigen Ausdruck in den Augen um.

«Was gibst du mir dafür?»

«Was du haben willst.»

«Sag du, was es sein soll.»

Agostino deutete auf ein ziemlich großes Boot mit aufgespannten Segeln, das inmitten von anderem Krimskrams in einer Ecke lag.

«Das schenke ich dir.»

«Und was soll ich damit anfangen?» sagte der Bursche achselzuckend.

«Du kannst es doch verkaufen», schlug Agostino vor.

«So etwas würde niemand nehmen», sprach der andere aus Erfahrung, «jeder würde behaupten, es sei gestohlen.»

Verzweifelt blickte Agostino sich um. Am Kleiderständer hingen die Sachen der Mutter und davor stand verschiedenes Schuhwerk auf dem Boden, auf dem Tisch lagen nur ein Taschentuch nebst ein paar Lappen, es schien wirklich nichts in der Kabine zum Anbieten geeignet zu sein.

«Sag», half ihm der Junge aus dieser Verlegenheit, «hast du keine Zigaretten?»

Da erinnerte sich Agostino daran, wie die Mutter gerade an diesem Morgen zwei Schachteln feinster Zigaretten in die große Tasche am Kleiderständer gesteckt hatte und er sagte eifrig: «Wenn dir die recht sind, welche ich habe?»

«Danach fragt man nicht lange», spottete der Junge in verächtlichem Ton, «was bist du doch für ein Dummkopf! Los, gib sie her!» Agostino nahm die Tasche vom Ständer und stöberte darin herum, er entdeckte die beiden Schachteln, aber da er unsicher war, wie viele der andere wolle, zeigte er sie ihm.

«Ich nehme beide», sagte er ungeniert und griff danach. Als er die Marke sah, schnalzte er im Vorgeschmack mit der Zunge und fügte hinzu: «Du scheinst aber reich zu sein ...»

Darauf wußte Agostino nichts zu erwidern. Der Junge fuhr fort: «Ich heiße Berto. Und du?»

Agostino nannte seinen Namen, aber der andere hörte schon nicht mehr zu. Ungeduldig riß er eine der Schachteln auf, nahm eine Zigarette heraus und steckte sie in den Mund. Dann durchsuchte er seine Taschen nach einem Streichholz, rieb es an der Kabinenwand an und genoß den ersten Zug, während er sich wieder vorsichtig dem Türspalt näherte.

«Komm, wir wollen gehen», sagte er nach einer Weile und bedeutete Agostino, ihm zu folgen. Einer hinter dem andern traten sie aus der Kabine.

Sobald sie am Strand waren, folgte Berto dem Pfad hinter den Badehütten. Während sie auf dem heißen Sand zwischen Disteln und Ginsterbüschen liefen, erklärte er: «Jetzt gehen wir zur Höhle. Die anderen sind inzwischen vorbeigelaufen und werden mich weiter droben suchen.»

«Wo liegt die Höhle?» fragte Agostino.

«Beim Vespucci-Bad», antwortete der Junge. Spielerisch hielt er die Zigarette zwischen den Fingerspitzen, wie um damit zu prunken, und atmete den Rauch in tiefen Lungenzügen ein. «Rauchst du denn nicht?» fragte er.

«Ich mag nicht», erwiderte Agostino, weil er sich schämte, sagen zu müssen, daß er bisher überhaupt noch nicht einmal an Rauchen gedacht habe.

Aber Berto lachte nur: «Sag doch lieber gleich, deine Mutter erlaubt es dir nicht, dann bist du wenigstens ehrlich!» Er benahm sich auch nach dem Geschenk gar nicht freundschaftlich, sondern nur boshaft oder herablassend. Jetzt gab er Agostino die Zigarette: «Los, rauch du auch mal!»

Sie waren inzwischen zur Strandpromenade gekommen und liefen mit bloßen Füßen auf scharfem Geröll an den trockenen Beeten entlang. Agostino nahm die Zigarette, atmete ein wenig Rauch ein und stieß ihn sofort wieder aus, ohne zu schlucken. Berto lachte verächtlich und rief: «Das nennst du rauchen ...? So macht man das nicht; schau mal her!»

Er ergriff die Zigarette, zog mit verschmitztem

Ausdruck kräftig daran, dann riß er seinen Mund weit auf und näherte ihn Agostinos Augen. Man sah die leere Mundhöhle, in der sich die Zunge zum Gaumen hinschob. «Jetzt paß gut auf», sagte Berto und schloß den Mund wieder, um Agostino daraufhin mit aller Kraft eine Rauchwolke ins Gesicht zu blasen. Dieser hustete und lachte verlegen. «Nun bist du an der Reihe», fügte Berto hinzu.

Eine Trambahn fuhr pfeifend vorbei, und ihre Fenstervorhänge flatterten im Wind. Agostino tat einen neuen Zug und schluckte den Rauch mit mühsamer Anstrengung. Aber der Rauch geriet ihm in die falsche Kehle und er fing heftig an zu husten. Berto nahm die Zigarette zurück, schlug ihm auf die Schulter und höhnte: «Bravo, du bist wirklich ein großartiger Raucher!»

Nach diesem Experiment gingen sie schweigend weiter. Eine Badeanstalt folgte der anderen mit ihren langen Reihen buntbemalter Kabinen, den schiefen Sonnenschirmen und albernen Triumphbogen. Der Strand zwischen den Kabinen schien überall besetzt zu sein, man hörte den frohen Lärm und auch im schillernden Meer tummelten sich zahlreiche Badende.

«Wo ist das Vespucci-Bad?» fragte Agostino und verlängerte seine Schritte, um dem neuen Freund nachzukommen.

«Es ist das letzte ...»

Agostino überlegte sich, ob es nicht besser sei, umzukehren. Falls die Mutter nicht hinausgefahren war, würde sie ihn sicher suchen. Aber die Erinnerung an die Ohrfeige verscheuchte die letzten Skrupel. Die Flucht mit Berto schien ihm eine dunkle und berechtigte Vergeltung dafür zu sein.

«Kannst du den Rauch durch die Nasenlöcher blasen?» fragte Berto plötzlich und blieb stehen.

Agostino schüttelte den Kopf, der andere holte einen leichten Zug aus dem Zigarettenstummel heraus, atmete den Rauch ein und blies ihn durch die Nase wieder aus. «Jetzt kommt der Rauch dann aus den Augen heraus», fügte er hinzu, «und du mußt derweil deine Hand auf meine Brust legen und mir in die Augen schauen.» Unwissend näherte sich ihm Agostino, berührte ihn mit der Hand und sah ihm in die Pupillen, aus denen er wirklich Rauch erwartete. Aber der treulose Berto drückte ihm plötzlich mit aller Kraft den brennenden Zigarettenstummel auf den Handrücken, warf ihn dann weg und schrie unter Freudensprüngen: «Oh, was bist du dumm... so ein Esel... du weißt aber auch wirklich gar nichts!»

Der Schmerz reizte Agostino im ersten Moment, unwillkürlich versuchte er, sich auf Berto zu stürzen, um ihn durchzuprügeln. Aber als der andere sein Vorhaben sah, blieb er mit geballten Fäusten stehen und versetzte ihm zwei Schläge in den Magen, unter denen Agostino außer Atem kraftlos zusammensackte. «Das gibt es bei mir nicht», sagte Berto trokken, «wenn du unbedingt Prügel haben willst, meinetwegen!» Wütend warf Agostino sich wieder auf ihn, aber bei seiner Schwäche war seine Niederlage leicht vorauszusehen. Diesmal nahm Berto seinen Kopf unter die Achselhöhle und erwürgte ihn beinahe. Agostino hörte auf zu raufen und flehte mit halberstickter Stimme um Freigabe. Berto ließ ihn los, machte einen Satz nach rückwärts und baute sich wieder in Kampfstellung auf. Aber Agostino hatte genug, seit seine Halswirbel geknackt hatten; er war eigentlich nicht so sehr erschreckt, als vielmehr maßlos erstaunt über die außergewöhnliche Brutalität des Gefährten. Alle hatten ihn stets verwöhnt und es kam Agostino ganz unglaublich vor, jemand könne plötzlich so bösartig und erbarmungslos sein. Vor allem die Bosheit bestürzte ihn als eine neue, in ihrer Ungeheuerlichkeit beinahe bestrickende Erfahrung.

«Ich habe dir doch gar nichts zuleide getan», sagte er keuchend, «dir sogar Zigaretten gegeben – und du...?»

Er vollendete den Satz nicht und die Tränen schossen ihm schon wieder in die Augen.

«O je, du Heuler!» grinste Berto höhnisch. «Willst du deine Zigaretten wiederhaben? Ich weiß doch nicht, was ich damit anfangen soll... da hast du sie und dann lauf schnell heim zur Mama.»

«Nein, nein», schüttelte Agostino trostlos den Kopf, «ich habe nur so dahergeredet, behalte sie ruhig.»

«Dann wollen wir weitergehen», sagte Berto, «wir sind beinahe da.»

Agostino schaute sich um und führte seine schmerzende Brandwunde zum Mund. Hier draußen standen nur vereinzelte Kabinen am Strand, vielleicht fünf oder sechs im ganzen über eine weite Fläche verstreut, armselige Buden aus rohen Brettern zusammengezimmert, zwischen denen Meer und Ufer vereinsamt dalagen. Nur wenige Leute befanden sich im Schatten einer aufs Trockene gezogenen Barke. Sie trugen jene altmodischen schwarzen Badeanzüge, deren lange Hosenbeine mit weißen Litzen geziert sind, und waren eifrig damit beschäftigt, sich abzutrocknen und die viel zu weißen Glieder der Sonne auszusetzen. Ein himmelblaues Reklameschild trug die Aufschrift: Amerigo-Vespucci-Bad. Am Ufer stand die niedrige grüne Baracke des Bademeisters. Von da an erstreckte sich die Küstenlandschaft völlig unbebaut, soweit das Auge reichte, ein einsamer Streifen vom Wind getriebenen Sandes zwischen der schillernden Bläue des Meeres und dem verstaubten Grün der Pineta.

Die an dieser Stelle besonders hohen Dünen verdeckten, von der Straße aus gesehen, eine Seite der Baracke. Als die beiden Knaben die Sandwellen erklommen hatten, wurde ein Zelt sichtbar, dessen oftmals gestückeltes, in verschossenem Rostrot leuchtendes Leinen sicherlich von der Betakelung einer Fischerbarke stammte. Dies Zelt wurde auf der einen

Seite durch Pflöcke im Sand gehalten, während die anderen beiden Ecken an der Baracke befestigt waren.

«Das ist die Höhle», sagte Berto.

Ein Mann saß in dem Zelt an einem krummen Tischchen und zündete sich gerade eine Zigarre an. Zwei oder drei Jungen umringten ihn. Berto machte einen Sprung und landete «Tana» rufend zu Füßen des Mannes. Ein wenig verlegen näherte sich Agostino der Gruppe. «Und das ist Pisa», sagte Berto, auf Agostino deutend. Dieser wunderte sich über den Spitznamen, der ihm so plötzlich beigelegt worden war. Es waren nämlich kaum fünf Minuten vergangen, seit er Berto erzählt hatte, er sei in Pisa geboren. Agostino setzte sich auch auf den Boden. Der Sand war hier nicht so sauber wie am Strand. Kokosnußschalen, Holzsplitter, Geschirrscherben und vielerlei anderer Abfall lagen umher; hier und dort war der Sand hart und verkrustet durch das aus der Baracke gegossene Schmutzwasser. Agostino sah, daß die Jungen — vier im ganzen — alle ärmlich gekleidet waren. Sie waren vermutlich wie Berto Söhne von Fischern und Bademeistern. «Er war im Speranza-Bad», sagte Berto in einem Atemzug, immer noch von Agostino redend, «und sagte, er wolle auch Räuber und Gendarm spielen... aber das Spiel ist aus, nicht? Siehst du, ich habe dir gesagt, daß wir zu spät kommen...»

«Das gilt nicht... das gilt nicht», hörte man jetzt

plötzlich in der Ferne rufen. Agostino schaute sich um und sah eine zweite Gruppe von Jungen, vermutlich die Gendarmen, vom Meer herbeilaufen. Der erste war ein untersetzter, vierschrötiger Bursche im Badeanzug, mindestens siebzehn Jahre alt; dann kam zu Agostinos Erstaunen ein Negerknabe, der dritte blonde Junge schien, nach Haltung und Schönheit des Körpers zu schließen, von besserer Herkunft zu sein, aber als er herankam, offenbarten die verlöcherte Badehose sowie eine gewisse Primitivität des Ausdrucks in dem schönen Gesicht auch ihn als einfacher Leute Kind. Hinter diesen drei ersten kamen noch vier andere Jungen, alle ungefähr zwischen dreizehn und vierzehn Jahren. Der untersetzte Bursche schien bei weitem der älteste zu sein und es war verwunderlich, ihn in solch kindlicher Gesellschaft zu finden. Aber sein Gesicht – bleich wie ungebackenes Brot, mit ausdruckslosen stumpfsinnigen Zügen – erklärte im Zusammenhang mit seiner brutalen Dummheit diese ungewöhnliche Gemeinschaft. Sein Kopf stak tief zwischen den Schultern und sein glatter, unbehaarter Körper war in den Hüften und Schenkeln ebenso breit wie in den Achseln. «Du hast dich in einer Kabine versteckt», schrie er Berto heftig an, «lüge bloß nicht! Du weißt, unsere Regeln schließen die Kabinen aus...»

«Das stimmt nicht!» antwortete Berto mit gleicher Heftigkeit. «Sag, Pisa», wandte er sich an Agostino, «ich habe mich doch nicht in einer Badehütte verborgen; wir standen hinter der Ecke des Speranza-Bades und haben euch vorbeilaufen sehen, nicht wahr, Pisa?»

«Nanu», sagte Agostino, unfähig zu lügen, «du hast dich doch in meiner Kabine versteckt...»

«Siehst du», brüllte der andere, seine Faust unter Bertos Nase schüttelnd, «ich werde dir den Schädel einschlagen, du Lügner!»

«Klatschmaul!» schrie Berto Agostino ins Gesicht. «Ich habe dir doch gleich gesagt, du solltest bleiben, wo du warst! Mach, daß du nach Hause zur Mama kommst!» Seine ungezügelte, bestialische Wut verwunderte Agostino im stillen. Aber durch Bertos vorwurfsvolles Gestikulieren rutschte ihm eine der Zigarettenschachteln aus der Tasche. Er wollte sie aufheben, doch der andere Bursche war flinker, bückte sich eilig, ergriff sie und hielt sie hoch, triumphierend schreiend: «Ah... Zigaretten... Zigaretten...!»

«Gib sie mir», wütete Berto, sich auf ihn stürzend, «die gehören mir, Pisa hat sie mir geschenkt, gib sie her, oder...»

Der andere ging einen Schritt zurück und wartete, bis Berto in Reichweite war. Als er herankam, nahm er die Zigarettenschachtel zwischen die Zähne und begann, ihm methodisch mit beiden Fäusten auf dem Magen herumzutrommeln. Darauf stellte er ihm ein Bein und schleuderte ihn zu Boden. «Gib sie her», schrie Berto immer noch, sich im Sande wälzend. Aber der andere sagte grinsend: «Der hat noch mehr von der Sorte ... drauf, Jungens!» und alle Gefährten warfen sich auf Berto mit einer Übereinstimmung, die Agostino erstaunte. Zu Füßen des Mannes, der an das Tischchen gelehnt ruhig weiterrauchte, wälzte sich ein verworrener Haufen von Körpern in einer großen Sandwolke. Endlich löste sich der blonde Junge, scheinbar der behendeste, aus dem Wirrwarr und hob triumphierend die zweite Schachtel hoch. Einer nach dem anderen stand auf, Berto zuletzt. Sein grobes, sommersprossiges Gesicht war wutentstellt; «Schufte! Räuber!» knirschte er unter wütendem Schluchzen. Es bereitete Agostino ein eigenartiges Vergnügen, jetzt seinen Widersacher gequält und nicht weniger erbarmungslos behandelt zu sehen, als sich selbst noch vor kurzem durch ihn. «Räuber! Räuber!» schrie Berto immer noch. Der Bursche näherte sich ihm und gab ihm eine Maulschelle, deren dumpfes Klatschen die anderen vor Freude hüpfen ließ. «Willst du wohl aufhören?» Wie wahnsinnig lief Berto zur Ecke der Baracke, bückte sich, ergriff mit beiden Händen einen Felsbrocken und warf ihn gegen seinen Quälgeist, der nur mit höhnischem Pfeifen auswich. «Räuber!» rief Berto nochmals und verschwand dann plötzlich schluchzend hinter der Barackenecke. Man hörte nur noch sein lautes, verzweifeltes Weinen, in dem sich eine primitive und abstoßende Bitterkeit Luft machte. Aber die Gefährten kümmerten sich nicht weiter darum, sondern hockten sich von neuem im Kreis auf den Sand. Der größte öffnete die eine Zigarettenschachtel, der Blonde die andere. Der am Tisch sitzende Mann hatte der Schlägerei ohne ein Wort beigewohnt, aber jetzt sagte er plötzlich: «Gebt mir die Zigaretten!»

Agostino betrachtete den Bademeister. Er war groß und dick, ungefähr fünfzig Jahre alt, mit einer duckmäuserischen, kühl wohlwollenden Miene und einem kahlen Schädel. Seine Stirn war merkwürdig, wie ein Sattel geformt. Kleine zwinkernde Äuglein lagen eingebettet über der bläulichroten Nase, aus deren Öffnungen rote Härchen starrten. Unter dem herabhängenden Schnurrbart kaute der ein wenig schiefe Mund an der Zigarre. Der Mann trug ein verschossenes Hemd und eine grüne Baumwollhose; ein Hosenbein ging ihm bis zum Knöchel, das andere war bis zum Knie umgeschlagen, als Gürtel hatte er eine schwarze Binde um den Bauch geschlungen. Vor allem eine Absonderlichkeit löste in Agostino den ersten Abscheu aus. Er machte sich klar, daß Saro – wie der Bademeister hieß – an beiden Händen nicht fünf, sondern sechs Finger hatte, das vergrößerte die Hände ungeheuer und die Finger wirkten eher wie viele dicke Fühler. Agostino studierte sie lange, aber er kam nicht damit zurecht, ob Saro wohl zwei Zeige-, zwei Mittel- oder zwei Ringfinger habe. Sie schienen alle gleich lang zu sein, bis auf den kleinen Finger, der ein wenig von den anderen abspreizte wie ein Zweiglein an einem knorrigen Baumstumpf. Saro nahm die Zigarre aus dem Mund und wiederholte nur: «Na, wie steht's mit den Zigaretten?»

Der Blonde erhob sich und legte die Schachtel auf den Tisch. «Bravo, Sandro», sagte Saro.

«Und wenn ich sie ihm nun nicht gebe?» schrie der große Bursche herausfordernd.

«Gib sie ihm, Tortima! Du fährst besser dabei», redeten die anderen von allen Seiten auf ihn ein. Tortima blickte sich um, schaute dann Saro an, der mit den sechs Fingern der Rechten die Schachtel umschloß und ihn dabei aus halbgeschlossenen Augen musterte. Mit einem «Na, meinetwegen, aber gerecht ist es nicht», erhob er sich und legte die Schachtel auf den Tisch.

«Jetzt werde ich austeilen», sagte Saro freundlich. Ohne die Zigarre aus dem Mund zu nehmen, blinzelte er ihnen zu, öffnete eine der Schachteln, nahm eine Zigarette mit seinen scheinbar unzähligen Fingern heraus und warf sie dem Neger hin: «Da, Homs!» Er nahm eine zweite und gab sie einem anderen, die dritte ließ er in die zusammengelegten Hände Sandros fliegen, die nächste traf Tortima mitten in sein albernes Gesicht, und so ging es die Runde herum. «Und du möchtest auch eine?» fragte er Berto, der sich ganz heimlich und leise mit kaum getrockneten Tränen wieder unter die Gefährten gemischt hatte. Dieser bejahte gedemütigt und erhielt daraufhin seinen Anteil. Als alle versorgt waren, wollte Saro die fast halbvolle Schachtel schon wieder schließen, als er nochmals zögerte: «Und du, Pisa, wie steht's mit dir?»

Agostino hätte sie abgelehnt, aber Berto gab ihm einen Rippenstoß und zischte: «Nimm sie, du Dummkopf, die rauchen wir dann zusammen!» So erhielt auch Agostino eine und dann schloß Saro die Schachtel.

«Und die anderen! Die übrigen?» schrien alle Jungen durcheinander.

«Die bekommt ihr in den nächsten Tagen», antwortete Saro ruhig. «Pisa, nimm die Schachteln und trage sie in die Baracke!»

Keiner sagte ein Wort. Verlegen nahm Agostino die beiden Schachteln, stieg über die am Boden hockenden Gestalten hinweg und betrat die Baracke. Diese schien nur aus einem Raum zu bestehen und gefiel ihm gut in ihrer malerischen Enge. Die niedrige Dekke bestand aus geweißten Balken, die Seitenwände aus rohen Brettern. Zwei winzige, aber vollständig mit Fensterbrett, kleinen quadratischen Scheiben, Vorhängen und sogar einigen Blumenvasen versehene Fenster verbreiteten ein warmes, gedämpftes Licht. In einer Ecke stand das ordentlich gemachte Bett mit schneeweißem Kopfkissen und einem roten Deckbett, in der anderen ein runder Tisch mit drei Stühlen. Auf der Marmorplatte einer Kommode befanden sich zwei jener Glasflaschen, welche Segel- oder Dampfbootmodelle enthalten. Die ganzen Wände waren bedeckt mit geknüpften Netzen, gekreuzten Rudern und anderen Fischergeräten. Agostino dachte, wie beneidenswert derjenige sei, welcher eine so kleine, gemütliche Wohnstätte besäße. Er trat an den Tisch heran, legte die Zigaretten hin und ging wieder hinaus in die Sonne.

Die Jungen hockten immer noch im Kreise um Saro und rauchten mit allen Zeichen des Behagens. Dabei diskutierten sie ein Agostino unverständliches Thema. «Und ich sage dir, er ist es», versicherte Sandro gerade.

«Seine Mutter ist eine schöne Frau», sagte eine bewundernde Stimme, «sie ist die schönste am Strande ... Homs und ich haben uns neulich unter die Kabine gesetzt, um zu sehen, wie sie sich auszieht. Aber das Kleid ist gerade auf die Ritze gefallen und wir haben nichts sehen können. Aber schöne Beine hat sie ... und überhaupt eine Figur ...»

«Ihren Mann sieht man nie», bemerkte eine dritte Stimme.

«Du brauchst keine Angst zu haben, die tröstet sich schon. Weißt du mit wem? Mit dem jungen Mann von der Villa Sorriso, dem braunen, der holt sie jeden Morgen in seinem Boot ab.»

«Als ob es bloß der wäre ... da hat jeder Chancen!» sagte einer boshaft.

«Ja, aber er ist es trotzdem nicht», behauptete der erste wieder.

«Sag, Pisa», fragte Sandro plötzlich Agostino gebieterisch, «ist deine Mutter nicht jene Dame, die im

Speranza-Bad ist? Groß, braun, mit langen Beinen, meist trägt sie einen zweiteiligen Badeanzug und sie hat einen Leberfleck links neben dem Mund?»

«Ja, warum?» fragte Agostino verlegen.

«Er ist es! Er ist es!» triumphierte Berto. Und mit einem Anflug neidischer Bosheit: «Du bist das fünfte Rad am Wagen, gelt? Ihr fahrt doch immer im Boot, du, sie und ihr Geliebter... du bist's, der den Elefant spielen muß!» Seine Worte wurden durch ein allgemeines Gelächter übertönt; selbst Saro verzog den Schnurrbart.

«Ich weiß nicht, was ihr daherredet», sagte Agostino verschüchtert und in seinem Unverständnis errötend. Er fühlte, er müßte eigentlich protestieren; aber die groben Scherze lösten ein unerwartetes, beinahe grausames Gefühl der Freude in ihm aus; so als ob die Jungen durch ihre Worte unbewußt all die Demütigungen gerächt hätten, welche die Mutter ihm in der letzten Zeit zugefügt hatte. Er war starr vor Staunen, wie gut sie über ihn Bescheid wußten.

«Da schaut die Unschuld an!» sagte dieselbe boshafte Stimme.

«Wer weiß, was sie machen, sie fahren immer weit hinaus... Sage», verhörte ihn Tortima mit heuchlerischer Ernsthaftigkeit, «erzähle uns, was sie machen! Küßt er sie, was?» Er legte den Handrücken gegen die Lippen und gab ihm einen lauten Schmatz.

«Unsinn!» sagte Agostino mit einem vor Scham

glühenden Gesicht. «Wir fahren weit hinaus, um zu baden.»

«Aha, um zu baden», wiederholten mehrere Stimmen ironisch.

«Meine Mutter schwimmt und Renzo auch.»

«Seht ihr, er heißt Renzo», sagte einer mit Bestimmtheit, als ob er den verlorenen Faden der Erinnerung wiederfände, «Renzo... er ist ein brauner, großer Mann.»

«Was machen Renzo und die Mutter?» fragte Berto plötzlich stolz. «Machen sie...?» Hier machte er eine ausdrucksvolle Handbewegung. «Und du schaust dabei zu, was?»

«Ich?» wiederholte Agostino sich erschreckt umdrehend. Alle erstickten beinahe vor Lachen im Sand. Nur Saro beobachtete ihn aufmerksam, ohne sich zu rühren oder etwas zu sagen. Verzweifelt und flehend schaute Agostino ihn an.

Saro schien den Blick zu begreifen. Er nahm die Zigarre aus dem Mund und sagte: «Aber seht ihr denn nicht, daß er nichts weiß?»

Eine plötzliche Stille folgte dem Lärm. «Wie, nichts weiß?» fragte Tortima verständnislos.

«Er weiß nichts», wiederholte Saro einfach. Dann wandte er sich an Agostino und sagte mit gedämpfter Stimme: «Sag, Pisa, ein Mann und eine Frau, was machen die? Weißt du das?»

Alle schienen den Atem anzuhalten. Agostino schaute Saro an, der ihn mit halbgeschlossenen Lidern musterte, betrachtete die Jungen, die beinahe zu platzen schienen unter verhaltenem Lachen, dann wiederholte er mechanisch: «Ein Mann und eine Frau?»

«Ja, deine Mutter und Renzo», erklärte Berto brutal.

Agostino hätte gerne gesagt: sprecht nicht von meiner Mutter! Aber die Frage löste eine neue Flut von Sensationen und dunklen Erinnerungen in ihm aus und brachte ihn zu sehr aus der Fassung, um ihm das Reden zu erlauben. «Er weiß es nicht», unterbrach Saro und schob die Zigarre vom rechten in den linken Mundwinkel. «Los, wer will es ihm erklären?» Agostino sah sich verzweifelt um, er schien wirklich in der Schule zu sein, aber welch ein Lehrer und was für Schüler! «Ich... ich... ich!» schrien die Jungen alle zusammen. Der unsichere Blick Saros streifte einen Moment lang über all diese in Erregung glühenden Gesichter, dann sagte er: «Ihr wißt es auch nicht richtig, ihr habt nur davon reden hören. Der soll es sagen, der es wirklich weiß...» Agostino sah, wie alle Jungen verstummten und sich gegenseitig betrachteten. «Tortima», sagte jemand. Das Gesicht des Burschen strahlte vor Eitelkeit und er schickte sich an aufzustehen; aber Berto sagte grollend: «Das hat er alles erfunden, nichts ist wahr davon!»

«Wie, nichts ist wahr?» schrie Tortima und warf sich auf Berto. «Was du lügst, du Schuft!» Aber Berto war diesmal schnell entschlüpft, lugte mit einem vor Haß verzerrten Gesicht um die Ecke der Baracke und fing an, Gesichter zu schneiden und Tortima mit Schimpfworten zu überschütten. Der drohte ihm mit der Faust und schrie: «Komm ja nicht zurück!» Aber seine bevorzugte Stellung war doch irgendwie durch Bertos Einspruch ins Wanken gebracht worden. «Sandro soll es sagen», schrien alle wie aus einem Mund.

In biegsamer Schönheit, die Arme auf der braunen Brust verschränkt, auf der ein weicher Flaum blonder Härchen schimmerte, so stellte sich Sandro vor den Kreis der Gefährten. Agostino betrachtete seine gebräunten, kräftigen Beine, aus den Rissen der Badehose schlüpften an den Lenden weitere blonde Härchen heraus. «Es ist sehr einfach», sagte er mit klarer und kräftiger Stimme. Langsam sprechend und seine Worte mit einfachen, aber eigentlich nicht vulgären Gesten unterstreichend, erklärte er Agostino, was dieser scheinbar schon immer gewußt und nur wie in einem tiefen Schlaf vergessen hatte. Seiner Erklärung folgten andere, weniger nüchterne Darbietungen. Einige der Jungen machten obszöne Handbewegungen, andere wiederholten mit lauter Stimme neue und für Agostinos Ohr sehr häßlich klingende Worte, zwei riefen: «Wir werden es ihm zeigen, wie man es macht» und fielen umschlungen und in Zuckungen und Verrenkungen einer auf den anderen in den heißen Sand. Seines Erfolges sicher, zog Sandro sich zurück und rauchte schweigend seine Zigarette zu Ende.

«Hast du es jetzt verstanden?» fragte Saro, als sich der Lärm ein wenig gelegt hatte.

Agostino nickte bejahend mit dem Kopf. In Wahrheit hatte er weniger verstanden, als die Kenntnis aufgesogen, so wie man eine Medizin oder ein Gift einnimmt, dessen Wirkung nicht auf der Stelle eintritt, aber von dem man weiß, daß Schmerz oder Wohlbehagen sich notgedrungen später bemerkbar machen werden. Er spürte das Wissen nicht in seinem leeren, schmerzenden und erstaunten Gehirn, sondern in anderen Bereichen seines Ich, in seinem von Bitterkeit erfüllten Herzen. Die Erkenntnis glich einem blendenden Licht, dessen ausströmender Glanz eine genaue Betrachtung verwehrt und dessen Umrisse sich nur undeutlich erraten lassen. Er schien sie immer besessen, aber noch nie so klar verspürt zu haben wie in jenem Augenblick.

«Renzo und Pisas Mutter», hörte er jemand hinter seinem Rücken sagen: «Ich bin Renzo und du bist Pisas Mutter, los.» Agostino schnellte in die Höhe und sah Berto mit einer ausgelassenen Geste in plumper Nachahmung sich vor einen anderen hinknien, ihn bittend: «Gnädige Frau ... würden Sie bitte das Boot betreten, wir fahren zum Baden ... Pisa begleitet uns ...» Da packte ihn plötzliche Wut und er warf sich schreiend auf Berto: «Ich verbiete dir, über meine Mutter zu sprechen!» Aber bevor er sich noch klarmachen konnte, was vorgefallen war, lag er, von Bertos Knien umklammert, rücklings auf dem Sand und fühlte einen Hagel von Faustschlägen auf sein Gesicht niederprasseln. Es kamen ihm die Tränen, aber er machte sich klar, dadurch nur neuen Anlaß zum Spott zu geben und beherrschte sich mit übermenschlicher Anstrengung. Er bedeckte sein Gesicht mit einem Arm und blieb unbeweglich wie ein Toter. Berto ließ bald darauf von ihm ab und er setzte sich übel zugerichtet zu Füßen Saros. Die Gefährten sprachen unterdessen schon längst von etwas anderem.

Einer fragte Agostino ganz unerwartet: «Seid ihr reich?»

Agostino war jetzt so verschüchtert, daß er nichts mehr zu sagen wußte. Er antwortete jedoch: «Ich glaube ja.»

«Wieviel: Eine Million, zwei Millionen, drei Millionen?»

«Das weiß ich nicht», erwiderte Agostino verlegen.

«Habt ihr ein großes Haus?»

«O ja», sagte Agostino mit Besitzerstolz, durch den höflicheren Ton der Unterhaltung allmählich wieder sicherer werdend, «wir haben zwanzig Zimmer.»

«Zwanzig Zimmer», wiederholte eine bewundernde Stimme.

«Puh», schnaufte einer ungläubig.

«Zwei Salons», fuhr Agostino fort, «und dann das Studierzimmer meines Vaters ...»

«Aha, das ist der Hahnrei», sagte einer.

«Das meinem Vater gehörte», beeilte sich Agostino hinzuzufügen, in der Hoffnung, diese Einzelheit würde ihm die Sympathie der Gefährten eintragen. «Mein Vater ist tot.»

Kurzes Stillschweigen. «Dann ist deine Mutter Witwe?» fragte Tortima.

«Natürlich, das versteht sich doch», sagten mehrere in spöttischem Ton.

«Wieso, sie kann ja wieder geheiratet haben», verteidigte sich Tortima.

«Nein, das hat sie nicht», sagte Agostino.

«Und habt ihr ein Auto?» erkundigte sich ein anderer.

«Ja.»

«Mit einem Chauffeur?»

«Ja.»

«Sag deiner Mutter, ich würde gerne ihr Chauffeur werden», schrie einer.

«Und was macht ihr in den großen Zimmern?» fragte Tortima, der am meisten von allen durch Agostinos Erzählungen beeindruckt erschien. «Gebt ihr Bälle?»

«Ja, meine Mutter empfängt dort», antwortete Agostino.

«Wer weiß, wie viele schöne Frauen», redete Tortima vor sich hin, «wie viele Gäste kommen da?»

«Ich weiß nicht.»

«Sag, wie viele?»

«Zwanzig oder dreißig», antwortete Agostino, nun ganz sicher und nicht wenig stolz auf seinen Erfolg.

«Zwanzig oder dreißig – und was machen die?»

«Frag nicht so dumm», sagte Berto ironisch, «tanzen, sich amüsieren ... die sind reich, nicht etwa so arm wie wir — sich lieben ...»

«Nein, sich lieben nicht», widersprach Agostino gewissenhaft; außerdem wollte er beweisen, er wüßte endlich ganz genau, was dieser Ausdruck zu bedeuten hätte.

Tortima schien mit einer unklaren Vorstellung zu kämpfen, die er nicht auszudrücken vermochte. Endlich stammelte er: «Aber wenn ich nun zum Beispiel bei einem eurer Empfänge auftauchte und sagen würde: hier bin ich — was tätest du dann?» Während er sprach, erhob er sich, mimte eine Verbeugung und stellte sich dann breitbeinig mit vorgestrecktem Bauch hin. Die Jungen schüttelten sich vor Lachen.

Ermutigt durch das Gelächter der Gefährten sagte Agostino einfach: «Ich würde dich bitten, fortzugehen.»

«Und wenn ich mich unterstehen würde, nicht zu gehen?»

«Dann würde ich dich durch die Bedienten hinausbefördern lassen.»

«Habt ihr auch Diener?» erkundigten sich verschiedene.

«Nein, aber wenn Empfänge sind, dann mietet meine Mutter welche.»

«Ah, genau einen wie dein Vater.» Einer der Jungen schien das Kind eines Kammerdieners zu sein.

«Aber wenn ich dem Diener Widerstand leiste, ihm eins in die Fresse haue, mich dann in die Mitte des Saals stelle und schreie: Ihr seid ein Haufen Lumpen und Säue! – Was würdest du dann sagen?» beharrte Tortima, sich Agostino bedrohlich nähernd und seine Faust unter dessen Nase haltend. Aber diesmal stellten sich alle gegen Tortima, weniger um Agostino zu beschützen, als beseelt vom Wunsch, weitere Einzelheiten von diesem märchenhaften Reichtum zu hören.

«Laß ihn doch gehen! Sie würden dich mit Fußtritten hinausjagen und auch gut daran tun!» hörte man von allen Seiten protestieren.

Berto sagte verächtlich: «Was hast denn du dort zu suchen? Dein Vater ist Fischer, du wirst ein Fischer ... und wenn du in Pisas Haus kämst, würdest du sicher nicht schreien. Ich sehe dich förmlich ...» fügte er hinzu, erhob sich und spielte die Demut Tortimas im Hause Pisas: «Verzeihen Sie, ist hier das Haus von Herrn Pisa ... Entschuldigung ... ich bin gekommen ... es ist aber nicht wichtig, verzeihen Sie vielmals ... entschuldigen Sie die Störung, ich gehe schon wieder, und dann würdest du Verbeugungen bis zur Treppe machen.»

Alle Jungen lachten. Der ebenso dumme wie brutale Tortima wagte nichts gegen das Gelächter zu unternehmen; aber er wollte sich irgendwie schadlos halten, deshalb wandte er sich an Agostino: «Kannst du einen eisernen Arm machen?»

«Einen eisernen Arm?» wiederholte Agostino.

«Er weiß noch nicht mal, was der eiserne Arm ist», höhnten mehrere.

Sandro näherte sich, nahm Agostinos Arm und bog ihn so, daß die Handfläche in der Höhe war und der Ellbogen nach unten deutete. Inzwischen legte Tortima sich bäuchlings hin und nahm dieselbe Armhaltung ein. «Du mußt von der einen Seite schieben, Tortima von der anderen», erklärte Sandro.

Agostino berührte Tortimas Hand. Dieser bog ihm mit einem einzigen Schlag den Arm herunter und erhob sich triumphierend.

«Jetzt komme ich dran», sagte Berto; mit derselben Leichtigkeit besiegte er Agostino. «Ich... ich», schrien die Gefährten. Einer nach dem anderen war Agostino überlegen. Endlich kam der Neger an die Reihe und einer der anderen bemerkte: «Wenn du dich von Homs besiegen läßt... ph, dann hast du wirklich Wattearme.» Agostino beschloß, der Neger dürfe ihn nicht unterkriegen.

Der Schwarze hatte dünne, kaffeebraune Arme, seine eigenen schienen kräftiger zu sein. «Los, Pisa», sagte der Neger mit alberner Dreistigkeit, und ließ sich vor ihm nieder. Er hatte eine kraftlose Stimme, wie eine Frau, und sobald sich sein Gesicht auf gleicher Höhe wie das Agostinos befand, sah er seine Nase, die nicht platt war, wie man annehmen könnte, sie war eher adlerartig, klein und in sich gebogen wie ein Stück fettes, schwarzes Fleisch, mit einem helleren, beinahe gelben Leberfleck über einem der Nasenlöcher. Auch der Mund war nicht groß wie gewöhnlich bei Negern, sondern dünnlippig und violett. Seine runden, weißen Ohren lagen fest an dem hohen Schädel, auf dem sich ein wirres Wollgekräusel erhob. «Los, Pisa, ich tu dir schon nichts!» fuhr er fort, während er seine feingliedrigen, schwarzen Finger mit den rosa Nägeln in Agostinos Hand legte. Agostino hatte vorher bemerkt, er könne durch ein leichtes unmerkliches Hinaufziehen der einen Schulter seinen Druck mit dem ganzen Körper verstärken und diese Einsicht verhalf ihm anfänglich zu einer Überlegenheit über Homs. Eine Weile lang kämpften sie unentschieden unter lebhafter Anteilnahme der Zuschauer. Agostinos Gesicht war gespannt, aber ruhig; er konzentrierte seine ganze Kraft auf die Hand, während der Neger alberne Fratzen schnitt, seine weißen Zähne fletschte und mit den Augen blinzelte. «Pisa gewinnt», sagte einer erstaunt. Aber im gleichen Augenblick schoß ein furchtbarer Schmerz von der Schulter her durch Agostinos Arm und erschöpft ließ er los: «Nein, er ist stärker als ich.»

«Das nächste Mal wirst du gewinnen», sagte der Neger mit unsympathischer, süßlicher Schmeichelei.

«Selbst Homs ist dir überlegen! Du bist wirklich zu nichts zu gebrauchen», sagte Tortima verächtlich. Aber allmählich waren es die Jungen leid, im Kreis um Agostino herumzustehen. «Laßt uns aufs Meer hinausfahren!» schlug einer vor. «Ja... ja, aufs

Meer», jubelten alle. Mit Bocksprüngen und Purzelbäumen rannten sie über den heißen Sand zum Ufer. Agostino folgte von weitem und sah einen nach dem anderen kopfüber unter Spritzen und Freudenschreien ins Wasser springen. Als er das Ufer erreichte, tauchte Tortima aus dem Wasser auf, zuerst mit dem Hinterteil, dann mit dem Kopf und rief herauf: «Spring herein, Pisa, was treibst du dort oben?»

«Ich bin noch angekleidet», erwiderte Agostino.

«Warte, jetzt werde ich dich ausziehen», höhnte Tortima. Agostino versuchte zu entfliehen, aber es war schon zu spät. Tortima erwischte ihn, schleppte den Widerstrebenden zum Wasser, zerrte ihn hinein und hielt ihm dann erbarmungslos den Kopf unter die Wellen, bis er beinahe zu ersticken drohte. «Auf Wiedersehen, Pisa!» schrie er dann und schwamm hinaus. Ein wenig entfernt stand Sandro im Boot und wollte gerade mit eleganten Bewegungen fortrudern, während die übrigen das Boot umschwärmten und danach trachteten, sich auch noch hineinzudrängen. Naß und keuchend kehrte Agostino zum Ufer zurück, beobachtete noch einen Augenblick lang, wie sich das weiße Boot mit den Gefährten auf dem verlassenen Meer der untergehenden Sonne zu entfernte. Dann lief er eilig über den hellen Sand am Wasser entlang zum Speranza-Bad zurück.

Als er die Kabine erreichte, entdeckte er, daß es nicht so spät war, wie er gefürchtet hatte; die Mutter war noch nicht zurückgekehrt. Der Strand leerte sich, nur vereinzelte Schwimmer zögerten noch, klein und wie verloren in der schimmernden Weite des Wassers dahintreibend; erhitzte und matte Menschen gingen in langer Reihe über den Bretterpfad zur Straße hinüber. Agostino saß unter dem Sonnenschirm und wartete. Es kam ihm so vor, als zöge sich die Rundfahrt der Mutter heute länger als gewöhnlich hinaus. Er vergaß die späte Ankunft des jungen Mannes und übersah auch, daß die Mutter ja nicht allein fahren wollte, sondern er ihr entschlüpft war; statt dessen sagte er sich, die beiden würden sicher seine Abwesenheit so benützen, wie die Jungen und Saro es angedeutet hatten. Er fühlte gar keine Eifersucht bei diesem Gedanken, eher einen neuen, fremden Schauder, verworren und erfüllt von Neugier und dunkler Zustimmung. Die Handlungsweise der Mutter war berechtigt; sie sollte ruhig täglich mit dem jungen Mann im Boot fahren, sich vielleicht in diesem Augenblick, fern allen zudringlichen Blicken, nur von Himmel und Meer umgeben in seine Arme werfen und sich ihm schenken; das war richtig und er war sich endlich darüber klar. Während er so trachtete, seine Gedanken zu ordnen, suchte er das Wasser nach den beiden Liebenden ab.

Endlich tauchte das Boot als kleiner Punkt in der Ferne auf und kam rasch näher. Die Mutter saß auf der Bank und der Fremde ruderte. Jedesmal, wenn sich die Ruder hoben oder senkten, stäubte das Wasser in einem glänzenden Schleier empor. Agostino erhob sich und ging zum Ufer. Er wollte das Aussteigen der Mutter beobachten, um nach jenen Zeichen der Vertrautheit zu forschen, die er schon so häufig miterlebt hatte, ohne etwas davon zu verstehen, und die ihm jetzt nach den Erklärungen Saros und der Jungen wohl in einem ganz neuen Licht erscheinen würden, voll unzüchtiger und sprechender Deutlichkeit. Noch ehe das Boot am Ufer war, winkte die Mutter ihm fröhlich zu, dann sprang sie leicht ins Wasser und stand nach wenigen Schritten an seiner Seite. «Hast du Hunger? Jetzt gehen wir aber gleich zum Essen – auf Wiedersehen! Wiedersehen, bis morgen», rief sie grüßend dem Manne zu. Sie schien vergnügter als sonst, und als Agostino ihr über den Strand folgte, mußte er daran denken, was für eine trunkene Freude in ihrer Stimme mitgeklungen hatte, so als ob heute wirklich das geschehen sei, was die Gegenwart des Sohnes bisher immer verhindert hatte. Aber hier hielt er mit seinen Beobachtungen und Verdächtigungen inne, denn außer dieser kühnen Freudigkeit, die so verschieden von ihrer sonstigen würdigen Gelassenheit war, hatte er gar keinen Anhaltspunkt für ein besonderes Verständnis zwischen den beiden. Gesicht, Hals, Hände, den ganzen Körper der Mutter betrachtete er forschend im Lichte seines neuen Wissens, aber dieser gab das Geheimnis der vielleicht empfangenen Küsse und Liebkosungen nicht preis. Je mehr Agostino die Mutter ansah, um so enttäuschter fühlte er sich.

«Heute seid ihr allein gewesen ... ohne mich», versuchte er sie auszuhorchen, während sie zur Kabine gingen. Im stillen hoffte er, sie würde antworten: ‹Ja, und endlich konnten wir uns lieben.› Aber die Mutter schien seine Worte für eine Anspielung auf die Ohrfeige und die darauf erfolgte Flucht zu halten.

«Wir wollen nicht mehr von dem sprechen, was heute vorgefallen ist», damit blieb sie plötzlich stehen, umfaßte seine Schultern und blickte ihm mit ihren lachenden, ausdrucksvollen Augen ins Gesicht. «Nicht wahr, ich weiß, du hast mich lieb ... gib mir einen Kuß, dann ist alles vergessen.» Agostino atmete auf einmal die süße Wärme und den Duft ihrer Haut ein, er schien ein neues, wenn auch schwaches Pochen unter seinen Lippen zu spüren, wie ein letztes Zucken des aufgewühlten Blutes, das die Lippen des Fremden entfacht haben mochten. Dann stieg die Mutter eilig die Stufen zur Kabine hinauf; Agostino warf sich mit einem vor sonderbarem Schamgefühl hochroten Kopf in den Sand.

Später, während sie nach Hause gingen, verglich

er in Gedanken all diese neuen und unklaren Vorstellungen. Merkwürdig: zuerst, so lange er noch des Bösen und Guten unkundig war, erschienen ihm die Beziehungen der Mutter zu dem Manne in einer unerklärlichen Art schuldbefleckt. Nun hatten ihm die Enthüllungen Saros und seiner Bande die Augen geöffnet und damit seinen ersten schmerzlichen Verdacht bestätigt, aber jetzt war er voller Zweifel und unbefriedigter Neugier. Ihm war, als hätte zuerst seine kindliche Zuneigung zur Mutter, eifersüchtig und harmlos wie sie war, seine Seele erweckt, während nun in dieser neuen, harten Klarheit seine Anhänglichkeit zwar nicht weniger bedeutete, aber doch teilweise ersetzt wurde durch eine bittere, lieblose Neugierde, der jene ersten leichten Beobachtungen ungenügend und fade erschienen. Wo ihn zuvor jedes störende Wort, jede Geste unerklärlich beleidigt hatten und er wünschte, sich dessen nicht bewußt zu werden, da kamen ihm jetzt jene Spielereien und Verstimmungen, an denen er solchen Anstoß genommen hatte, gar nicht mehr wichtig vor, und er wünschte vielmehr, sie in jener Haltung und schamlosen Natürlichkeit zu überraschen, deren Kenntnis ihm Saro und die Jungen vorhin vermittelt hatten.

Vielleicht wäre ihm der Gedanke gar nicht so rasch gekommen, tatsächlich die Mutter zu überwachen, den Schein der Würde und des Respekts zu zerstören, der sie bis dahin in seinen Augen umgab, wenn nicht die weiteren Ereignisse des gleichen Tages ihn förmlich dazu gedrängt hätten. Zu Hause angekommen, aßen sie beide schweigend. Die Mutter schien zerstreut, und auch Agostino war ungewöhnlich still, ganz versponnen in seine neuen und für ihn noch immer unglaublichen Gedankengänge. Aber dann, nach Tisch, wünschte sich Agostino plötzlich unwiderstehlich, hinauszulaufen und die Bande der Jungen wieder zu treffen. Sie hatten ihm erzählt, sie würden sich in den frühen Nachmittagsstunden im Vespucci-Bad versammeln, um die Streifzüge und Unternehmungen des Tages zu planen. Nachdem der erste Widerwille und ein Furchtgefühl überwunden waren, übte diese brutale und demütigende Gemeinschaft mit den anderen auf seine Seele eine dunkle Anziehungskraft aus. Er lag in seinem Zimmer im roten, heißen Halbschatten der heruntergelassenen Jalousien rücklings auf dem Bett mit zur Decke gewandten Augen und spielte wie gewöhnlich mit der elektrischen Lichtschnur. Von draußen drangen nur vereinzelte Geräusche herein: Räderrollen eines einsamen Karrens, das Klappern der Teller und Gläser aus den zur Straße geöffneten Fenstern einer Pension gegenüber. Im Gegensatz zu dieser sommerlichen Nachmittagsstille draußen hoben sich die einzelnen Geräusche innerhalb des Hauses stärker voneinander ab. So hörte er, wie die Mutter das anstoßende Zimmer betrat, und wie ihre Absätze auf den Steinfliesen klapperten. Sie kam und ging, öffnete Schränke und Schubladen, verrückte Stühle und berührte verschiedene Gegenstände. ‹Jetzt legt sie sich hin›, schreckte er plötzlich aus seiner Reglosigkeit auf, in die er allgemach versunken war, ‹und dann kann ich ihr nicht mehr sagen, daß ich zum Strand hinunter möchte.› Eilig erhob er sich und trat aus dem Zimmer. Sein Raum lag über dem Ballsaal, gegenüber der Treppe und grenzte an das Zimmer der Mutter. Er näherte sich der Tür, aber da sie angelehnt war, klopfte er nicht wie gewöhnlich, sondern öffnete sie vorsichtig zur Hälfte, vielleicht getrieben von dem unbewußten Wunsch, die Mutter heimlich zu überraschen. Dies Zimmer war viel geräumiger als sein eigenes, an einer der Seitenwände stand das Bett und gerade gegenüber der Tür befand sich eine Kommode mit einem großen Spiegel darüber. Mit einem Blick umfaßte er die Mutter, die vor dieser Kommode stand.

Sie war nicht nackt, wie er eigentlich geahnt und gehofft hatte, aber beinahe ausgezogen und gerade dabei, sich vor dem Spiegel ihre Kette und die Ohrringe abzunehmen. Sie trug ein durchsichtiges Hemd, das ihr kaum bis zur Hüfte reichte. Darunter sah man die weichen Rundungen der Lenden, die sich in den langschenkeligen, wohlgeformten Beinen fortsetzten. Durch die erhobenen Arme erschien das Fleisch über und unter der dünnen Hülle noch schwellender. Die Achselhöhlen gähnten wie zwei geöffnete Mäuler und schwarzen, dünnen Zünglein gleich breiteten sich die langen, weichen Haare darin aus, als wären sie froh, der heißen Schwere der Arme auf kurze Zeit ledig zu sein. Der ganze wunderbare Körper schien in Agostinos träumerischen Augen zu schwanken und zu beben im dämmerigen Halbschatten des Zimmers, sich jetzt durch ein Hervorheben der Nacktheit scheinbar unermeßlich zu erweitern, alle Glieder in eine dehnbare Rundung miteinzubeziehen, um sich gleich darauf gigantisch in die Vertikale zu strecken, gleichsam Fußboden und Decke zugleich berührend. Aber im Spiegel schien ihn das bleiche, entrückte Gesicht wie aus dem geheimnisvollen Schatten eines nachgedunkelten Gemäldes heraus mit lüsternen Augen und einem verführerisch lächelnden Mund anzuschauen.

Bei diesem Anblick war Agostinos erster Impuls, sich eilig unbemerkt zurückzuziehen; aber gleich darauf blieb er in der neuen Erkenntnis, ‹dies ist eine Frau›, mit aufgerissenen Augen stehen und umklammerte den Türgriff. Er fühlte, wie sich sein ganzes kindliches Sein gegen diese Unbeweglichkeit auflehnte und ihn hinwegzuzerren versuchte, aber jener neue, wenn auch noch schüchterne, so doch schon starke Wissensdurst zwang ihn, seine widerstrebenden Augen erbarmungslos dorthin zu heften, wohin er sie am Vortage nicht zu erheben gewagt hätte. Allmählich fügten sich durch diesen Kampf zwischen Widerwillen und Anziehungskraft, Überraschung und Freude, die Einzelheiten des betrachteten Bildes geordneter und klarer zusammen: die Haltung der Beine, die Trägheit des Rückens, das Profil der Schultern; alles schien diese neue Gefühlswelt anzusprechen, die kaum einer derartigen Bestätigung bedurfte, um seine Phantasie vollständig zu beherrschen. Respekt und Ehrerbietung wurden plötzlich in das Gegenteil verkehrt, er wünschte beinahe, jene Trägheit würde sich unter seinen Augen in Ausgelassenheit, jene Blöße in Dreistigkeit, jene Unbewußtheit in schuldvolle Nacktheit wandeln. Seine erstaunten Augen wurden neugierig, voll wacher Aufmerksamkeit, die ihm beinahe wissenschaftlich erschien, aber in Wahrheit nur die ihn beherrschenden primitiven Gefühle mit einer falschen Objektivität überdeckte. Er wiederholte sich innerlich unaufhörlich, während ihm das Blut heiß zu Kopfe stieg: ‹Es ist eine Frau – nur eine Frau›, und selbst diese Gedanken schienen ihm beleidigend und verächtlich für diesen Körper und diese Beine.

Unterdessen hatte die Mutter die Kette abgenommen und vor sich auf die Kommodenplatte gelegt. Dann hob sie graziös beide Arme und begann, einen der Ohrringe zu lösen. Dabei drehte sie den Kopf halb zum Zimmer hin und Agostino begann zu fürchten, sie könne ihn im wenig entfernt stehenden großen Drehspiegel erblicken, in welchem er sich selbst wie verstohlen festgebannt zwischen den Türflügeln sah. Es kostete ihn große Willenskraft, die Hand zu heben, leicht gegen den Türpfosten zu klopfen und zu fragen: «Darf ich hereinkommen?»

«Warte einen Augenblick, Liebling», antwortete die Mutter ruhig.

Agostino sah, wie sie sich bewegte und aus seinem Blickfeld entschwand; nach einem kurzen Geraschel erschien sie wieder mit einem langen Gewand aus blauer Seide bekleidet.

«Mama», sagte Agostino, ohne die Augen zu erheben, «ich möchte zum Strand hinuntergehen.»

«Um diese Zeit?» fragte die Mutter zerstreut. «Aber wird es dir jetzt nicht zu heiß werden? Glaubst du nicht, es wäre besser, du schliefst ein bißchen?» Dabei strich sie ihm mit einer Hand über die Backe, während die andere eine ihrer widerspenstigen Lokken in den Nacken schob.

Agostino war für einen Augenblick wieder zum Kind geworden und blieb unter feindlichem Schweigen mit zu Boden starrenden Augen und auf die Brust gesenktem Kinn stehen, so wie er es zu tun pflegte, wenn ihm eine seiner Bitten nicht erfüllt wurde.

Der Mutter war diese Haltung wohlbekannt und sie behandelte ihn wie gewöhnlich: «Dann geh eben los, wenn du unbedingt willst, aber laß dir vorher in der Küche dein Vesperbrot geben. Und iß es nicht sofort, hörst du, sondern nimm es mit in die Kabine! Vor allem bade ja nicht vor fünf Uhr! Im übrigen werde ich bis dorthin auch da sein und wir können dann zusammen ins Wasser gehen.» Das waren alles die üblichen, wohlbekannten Ratschläge.

Agostino antwortete nicht, sondern rannte gleich darauf barfüßig die Steintreppen hinunter. Er hörte nur noch, wie hinter ihm die Tür des Zimmers leise geschlossen wurde.

Unten angelangt, zog er sich eilig die Sandalen an und trat auf die Straße hinaus. Hier schlug ihm die blendende Hitze, die schweigende Glut der Mittagszeit entgegen. Am Ende der Straße schillerte das Meer in der vor Wärme flimmernden Luft glatt und unbeweglich. Auf der entgegengesetzten Seite neigten sich die roten Stämme der Pineta unter der grünen, schwülen Masse des Laubwerks.

Zuerst war er sich nicht schlüssig darüber, ob er besser längs des Meeres oder an der Pineta vorbei das Vespucci-Bad erreiche, aber dann wählte er doch den ersten Weg, obwohl dort die Sonne viel stärker brannte, da er hier nicht Gefahr lief, die Badeanstalt zu verfehlen. Er rannte die Straße hinunter bis zur Strandpromenade und eilte hart an den Zäunen entlang weiter.

Er war sich nicht klar darüber, was ihn eigentlich so unwiderstehlich zum Vespucci-Bad zog, vermutlich neben der neuen Gemeinschaft mit anderen Jungen gerade jener brutale Hohn auf seine Mutter und ihre angedeuteten Liebschaften. Er merkte, wie sich die einstige Anhänglichkeit in ein ganz neues, zugleich objektives und grausames Gefühl wandelte. Es schien ihm, als ob er diese kalte Ironie nur suche und pflege, um diese Verwandlung zu beschleunigen.

Warum er sich so sehr wünschte, die Mutter nicht mehr zu lieben, ja, warum diese Liebe ihm nahezu verhaßt war, hätte er nicht zu sagen vermocht. Vielleicht war sein Groll, hintergangen worden zu sein, schuld daran; vielleicht seine Enttäuschung, sie so verschieden von dem geglaubt zu haben, was sie in Wirklichkeit war. Unbewußt zog er einer mit Schwierigkeiten verbundenen kindlichen Liebe eine gänzliche Gleichgültigkeit vor, die in der Mutter nichts weiter als eine Frau erblickte. Instinktiv suchte er sich ein für allemal von der Verlegenheit und Scham der alten unwissenden, verratenen Anhänglichkeit zu befreien, die ihm jetzt nur harmlos und dumm vorkam. Deshalb trieb ihn die gleiche, grausame Neugier, die ihn kurz zuvor gezwungen hatte, seine Augen auf den mütterlichen Körper zu heften, dazu, die demütigende und brutale Gemeinschaft der Jungen wieder aufzusuchen. Waren jene unehrerbietigen Gespräche nicht vielleicht, ebenso wie die erschaute Nacktheit, ein Mittel zur Zerstörung der alten kindlichen Bindung, die ihm jetzt so widerstand? Eine bittere Medizin, die ihn entweder heilen oder vernichten würde.

Als er in Sichtweite des Vespucci-Bades kam, verlangsamte er seine Schritte. Das Herz schlug ihm bis zum Halse, so daß er fast nicht schnaufen konnte, aber er zwang sich in eine gleichgültige Haltung.

Saro saß wie gewöhnlich im Zelt, eine Weinflasche, ein Glas und ein Napf mit den Resten einer

Fischsuppe standen vor ihm auf dem krummen Tischchen. Niemand schien bei ihm zu sein. Doch als Agostino näher kam, entdeckte er Homs als schwarzen Punkt auf dem weißen Sand.

Saro kümmerte sich nicht weiter um den Neger, sondern rauchte abwesend, einen alten zerrissenen Strohhut weit über die Augen herabgezogen.

«Sind die anderen nicht da?» fragte Agostino im Tone tiefster Enttäuschung.

Saro blickte auf und betrachtete ihn kurze Zeit schweigend, dann sagte er: «Sie sind alle nach Rio gegangen.» Rio war ein verlassener Platz an der Küste, einige Kilometer weit fort, wo zwischen Sand und Röhricht ein Flüßchen mündete.

«Ach», brummte Agostino, «nach Rio sind sie gegangen ... Und was wollen sie da tun?»

Der Neger antwortete ihm: «Sie wollen dort essen», dabei führte er seine Hand mit vielsagender Gebärde zum Mund.

Aber Saro schüttelte den Kopf und bemerkte: «Ihr Jungen seid nicht zufrieden, bis ihr einmal Schüsse abbekommen habt.» Die Mahlzeit war sichtlich nur ein Vorwand, um Früchte von den Feldern stehlen zu können, soviel verstand Agostino allmählich.

«Aber ich bin nicht mitgegangen», erwiderte der Neger in schmeichlerischem Ton, wie um sich bei Saro anzubiedern.

«Du bist nicht mitgenommen worden, weil sie dich nicht dabei haben wollten», sagte Saro ruhig.

Homs protestierte in einem süßlichen, singenden Tonfall: «Nein, ich bin nicht mitgegangen, weil ich bei dir bleiben will.»

Verächtlich sagte Saro: «Wer hat dir erlaubt, mich zu duzen, Schwarzer... wir sind doch weiß Gott keine Brüder, scheint mir...»

«Nein, Brüder sind wir nicht», antwortete jener ungerührt, beinahe hocherfreut, als empfände er große Befriedigung über diese Beobachtung.

«Und jetzt bleibe gefälligst auf deinem Platz», schnauzte der Alte den Neger an. Dann wandte er sich an Agostino: «Weißt du, sie gingen Obst und Mais stehlen —»

«Kommen sie auch bestimmt zurück?» erkundigte sich Agostino ängstlich.

Saro sagte nichts, betrachtete ihn nur forschend und schien etwas zu überlegen. «Sie werden nicht sobald wiederkehren», sagte er dann langsam, «nicht vor heute abend. Aber wenn wir Lust haben, können wir sie treffen.»

«Wie denn?»

«Mit dem Boot», sagte Saro.

«O ja, kommt, wir fahren mit dem Boot hinüber», schrie der Neger eifrig. Aufgeregt erhob er sich und trat zu dem Manne.

Aber Saro beachtete ihn überhaupt nicht. «Ich habe ein Segelboot, damit sind wir in einer guten halben Stunde in Rio, wenn der Wind sich hält.»

«Ja, das machen wir», sagte Agostino zufrieden,

«aber wenn sie auf den Feldern sind, wie können wir sie dann finden?»

«Du brauchst keine Angst zu haben!» Damit erhob sich Saro, rückte die schwarze Binde zurecht, die ihm einen Gürtel ersetzte. «Wir finden sie schon.» Dann wandte er sich an den Neger, der ihn gespannt ansah: «Und du, Schwarzer, du hilfst mir jetzt den Mastbaum und die Segel in die Barke tragen.»

«Ach ja, gerne, gleich, Saro», jubelte der Neger und folgte dem Alten in die Baracke.

Allein geblieben, stand Agostino auf und sah sich um. Eine leichte Mittagsbrise war aufgekommen und das gekräuselte Meer schillerte in dunkler, beinahe violetter Bläue. In einen Schleier aus Sonnenstrahlen und Sandstaub gehüllt, erschien die Küste zwischen Meer und Pineta einsam bis zum Horizont. Agostino wußte nicht, wo Rio lag, aber mit den Augen folgte er der geschwungenen Küstenlinie längs des Wassers, die nur aus Vorsprüngen und Einbuchtungen bestand. Wo mochte wohl Rio sein? Vielleicht dort drüben, wo die Glut der Sonne Himmel, Meer und Sand in einem einzigen durchsichtigen Nebel zusammenschloß? Die angekündigte Fahrt reizte ihn unsäglich und um nichts in der Welt hätte er darauf verzichtet.

Durch die Stimmen der beiden wurde er aus seinen Gedanken gerissen. Auf Saros einem Arm häuften sich Seile und Segeltuch, während die andere Hand eine Flasche umklammerte, hinter ihm trug der Neger einen langen, zur Hälfte grün gestrichenen Mastbaum wie eine Lanze. «Jetzt fahren wir los», bemerkte der Alte, ohne Agostino anzusehen und begab sich ans Ufer. Es kam Agostino so vor, als ob Saro, entgegen seiner gewohnten Gelassenheit, jetzt beinahe überstürzt handle. Auch seine widerlich geöffneten Nasenlöcher schienen röter als gewöhnlich, so, als ob alle die verzweigten Äderchen plötzlich blutgefüllter wären. «Wir fahren – wir fahren!» sang der Neger hinter Saro her und improvisierte mit dem Mastbaum in den Armen eine Art Tanz auf dem Sande. Aber Saro war beinahe am Ziel, deshalb verlangsamte der Neger seinen Schritt und erwartete Agostino. Als dieser herankam, bedeutete ihm der Neger durch ein Zeichen, stehenzubleiben.

«Du, hör mal», sagte Homs vertraulich, «ich muß mit Saro über gewisse Dinge sprechen, tu mir deshalb einen Gefallen: komm nicht mit, geh weg!»

«Warum?» fragte Agostino erstaunt.

«Ich habe dir doch gerade erklärt, daß ich mit Saro unter vier Augen sprechen muß», wiederholte der andere, ungeduldig mit dem Fuße aufstampfend.

«Ich muß aber nach Rio fahren», sagte Agostino beharrlich.

«Dann fährst du eben ein anderes Mal.»

«Nein, das kann ich nicht.»

Der Neger betrachtete ihn und aus seinen weißen Augäpfeln und den feuchten, bebenden Nasenflügeln sprach eine ängstliche Leidenschaft, die Agostino anwiderte. «Hör zu, Pisa», sagte er, «wenn du nicht mitkommst, dann gebe ich dir etwas, das du noch nie gesehen hast.»

Er ließ den Mastbaum fallen und wühlte in seinen Taschen. Eine aus Holz mit zwei elastischen Bändern gefertigte Schleuder kam zum Vorschein. «Ist sie nicht schön?» fragte Homs stolz.

Aber Agostino hatte sich jetzt darauf versteift, nach Rio zu fahren, außerdem machte ihn die Hartnäckigkeit des Negers stutzig.

«Nein, ich mag sie nicht», antwortete er.

«Nimm die Schleuder», sagte der andere und versuchte, sie ihm in die Hand zu drücken, «nimm die Schleuder und geh fort!»

«Nein», wiederholte Agostino, «ich denke nicht dran.»

«Ich gebe dir die Schleuder und obendrein noch dies Kartenspiel», redete Homs auf ihn ein, dabei fuhr er abermals in seine Tasche und holte ein Kartenspiel mit rosa Blättern und Goldschnitt heraus: «Nimm alles beides und mach, daß du wegkommst ... Mit der Schleuder kannst du Vögel herunterholen und die Karten sind noch ganz neu.»

«Ich habe dir oft genug gesagt, ich will nicht», erboste sich Agostino.

Der Neger betrachtete ihn bestürzt und flehentlich. Große Schweißtropfen bildeten sich auf seiner Stirn, das Gesicht verzog sich plötzlich zu einem weinerlichen Ausdruck. «Aber warum willst du denn nicht?» jammerte er.

«Weil ich eben nicht mag», brummte Agostino, und urplötzlich floh er zu dem Bademeister, der inzwischen die Barke am Strand erreicht hatte. Er hörte noch, wie der Neger wütend schrie: «Das wirst du noch bereuen!» — dann langte er keuchend bei Saro an.

Die Barke lagerte auf zwei rohen Tannenstämmen etwas oberhalb des Wassers. Saro hatte die Segel ins Boot geworfen und wartete ungeduldig: «Aber was macht er denn bloß?» fragte er Agostino, auf den Neger weisend.

«Er kommt ja schon!»

Wirklich kam Homs in großen Sprüngen über den Sand dahergerannt, den Mastbaum unter einen Arm geklemmt. Saro ergriff den Mast mit den sechs Fingern der rechten Hand, um ihn daraufhin mit der Linken aufzustellen und in ein Loch im Mittelsitz zu stecken. Dann stieg er ins Boot, befestigte das Segel und ließ das Tau durch seine Hände laufen, bis das Segel die höchste Spitze des Mastbaums erreichte. Er wandte sich an den Neger: «Los jetzt!»

Saro stellte sich neben das Boot und stemmte sich gegen die Bretter des Vorstevens, während der Neger sich daran machte, am Heck zu schieben. Agostino wußte nicht, wo er anpacken sollte und schaute zu. Die Barke war mittelgroß, halb grün, halb weiß gestrichen und trug in schwarzen Lettern die Aufschrift ‹Amelia›. «Hau — Ruck!» kommandierte

Saro. Langsam rutschte das Boot auf den Rollen näher zum Wasser. Sobald der hintere Baumstamm freilag, bückte sich Homs, hob ihn auf, drückte ihn wie ein Kind an sein Herz und tanzte wie in einem neuartigen Ballett über den Sand, um ihn vorne dem Boot wieder unterzuschieben. «Hau — Ruck!» wiederholte Saro. Die Barke glitt abermals ein Stück vorwärts, das gleiche Spiel mit dem Balken hob wieder an und so ging es weiter, bis der Kiel des Bootes im Wasser schaukelte. Saro stieg ein und begann die Ruder einzuhängen. Er winkte Agostino, ihm dabei zu helfen, wie einem Mitverschworenen unter Ausschluß des Negers. Agostino stieg bis zu den Knien ins Wasser und versuchte, hineinzuklettern. Es wäre ihm wohl nicht geglückt, wenn sich nicht plötzlich die sechs Finger der Rechten Saros um seinen Arm geschlossen hätten, um ihn wie einen Kater hochzuheben. Verdutzt schaute er sich um. Obwohl Saro ihn nicht weiter beachtete, zögerte er noch, das Ruder mit der Linken wieder aufzuheben. Voll Widerwillen gegen die Finger, die ihn gepackt hatten, hockte sich Agostino ins Heck. «Gut», sagte Saro, «bleib ruhig dort sitzen, denn nun fahren wir hinaus.»

«Wartet auf mich, ich komme doch auch mit», schrie der Neger am Ufer. Ganz außer Atem warf er sich ins Wasser, erreichte die Barke und klammerte sich an die Bordwand. Aber Saro sagte: «Nein, du kommst nicht mit!»

«Aber was soll ich denn tun», jammerte Homs, «ich will doch auch nach Rio.»

«Dann fährst du mit der Trambahn», antwortete Saro trocken und ruderte im Stehen mit kräftigen Schlägen hinaus, «auf diese Art kommst du noch eher an als wir.»

«Aber warum denn, Saro?» Verzweifelt ließ der Neger nicht locker und lief immer noch im Wasser neben dem Boot her. «Warum darf ich denn nicht mitfahren.»

Wortlos ließ Saro die Ruder los, bückte sich und legte eine seiner riesigen Hände auf das Gesicht des Negers. «Ich habe dir ein für allemal gesagt, du kommst nicht mit», wiederholte er ruhig und warf Homs mit einem einzigen Schlag zurück ins Wasser.

«Warum, Saro?» fuhr der Neger fort zu brüllen. «Warum, Saro?» Seine kläglichen Rufe drangen über das gischtende Wasser mißtönend bis zu Agostino und erfüllten ihn mit trübem Mitleid. Forschend blickte er zu Saro hinüber, der daraufhin nur lächelnd bemerkte: «Er ist so lästig, was hätten wir mit ihm angefangen?»

Unterdessen hatte sich das Boot vom Ufer entfernt. Agostino drehte sich um und sah gerade noch, wie der Neger aus dem Wasser kam und seine Faust mit drohender Gebärde hob, die vermutlich ihm galt.

Schweigend zog Saro die Ruder ein und legte sie auf den Boden der Barke. Dann ging er zum Mastbaum, befestigte ein Tau und breitete das Segel aus.

Einen Augenblick lang wehte das Segeltuch unschlüssig hin und her, so als ob der Wind von beiden Seiten auf einmal käme, dann blähte es sich plötzlich mit einem Schlag nach links auf und füllte sich. Gehorsam legte sich das Boot auf die linke Seite und begann auf den leichten, kleinen Wellen im Nordwestwind dahinzugleiten. «Jetzt haben wir es geschafft», sagte Saro, «und nun können wir uns hinlegen und ein wenig ausruhen.» Er ließ sich auf den Boden nieder und forderte Agostino auf, sich neben ihn zu setzen. «Wenn wir auf dem Boden sitzen, dann bekommt das Boot mehr Fahrt», erklärte er, wie um sich zu rechtfertigen. Agostino gehorchte.

Die Barke trieb trotz des Gewichtes lebhaft vor dem Wind über die Wellen, sich ab und zu aufbäumend wie ein Füllen, das den Zaum scheut. Saro lehnte seinen Kopf gegen den Sitz und lenkte mit einem Arm hinter Agostinos Nacken das Steuerruder. Er schwieg lange. «Gehst du in die Schule?» fragte er schließlich.

Agostino betrachtete ihn. Beinahe auf dem Rükken liegend, schien Saro seine bemerkenswerte Nase mit den roten Öffnungen wollüstig in den Seewind zu halten, wie um sie abzukühlen. Sein Mund war unter dem Schnurrbart halbgeöffnet, die Augen beinahe geschlossen. Unter dem aufgeknöpften Hemd wurden die zerrauften, grauen Haare der schmutzigen Brust sichtbar. «Ja», antwortete Agostino, während ihn plötzlich Furcht überkam.

«In was für einer Klasse bist du denn?»

«In der Tertia.»

«Gib mir deine Hand», sagte Saro und ehe Agostino sich weigern konnte, hielt jener die Hand in der seinen. Agostino schien es, als ob seine Linke nicht von einer Hand, vielmehr von einer Stahlfalle umschlossen würde. Die sechs kurzen, dicken Finger bedeckten seinen Handrücken vollständig und vereinten sich wieder darunter. «Und was lehren sie dich alles?» fuhr Saro fort und streckte sich dabei noch mehr aus, wie in einen Zustand seliger Gelöstheit eintauchend.

«Latein, italienische Sprache, Erdkunde, Geschichte...» stammelte Agostino.

«Lernst du auch Gedichte — schöne Gedichte?» fragte Saro in sanftem Ton.

«Ja», brachte Agostino heraus, «auch Gedichte.»

«Sag mir eins auf!»

Die Barke hob sich im Wasser, und ohne sich zu rühren oder in seinem seligen Zustand gestört zu werden, rückte Saro das Steuer zurecht. «Ich weiß nicht», sagte Agostino verdrießlich und furchtsam, «ich lerne so viele Gedichte — Carducci...?»

«Ah, Carducci», wiederholte Saro mechanisch, «sage mir ein Gedicht von Carducci auf.»

«Le fonti del Clitunno», schlug Agostino vor, erschreckt durch den nicht nachlassenden Druck jener Hand, aus der er sich langsam zu lösen trachtete.

«Ja, *le fonti del Clitunno*», sagte Saro träumerisch.

«Ancor dal monte che di foschi ondeggia
frassini al vento mormoranti e lunge»,

begann Agostino mit zitternder Stimme.

Das Boot glitt dahin. Saro lag immer noch voller Behagen ausgestreckt mit geschlossenen Augen da und nickte ab und zu mit dem Kopf, wie um die Verse zu unterstreichen. Agostino klammerte sich jetzt an den Vortrag des Gedichtes, da er hierin die einzige Möglichkeit sah, einer für ihn gefährlichen und bloßstellenden Unterhaltung aus dem Wege zu gehen; deshalb rezitierte er langsam und deutlich und versuchte dabei immer wieder, seine Hand aus den sechs sie umklammernden Fingern zu lösen. Aber diese schlossen sich eher noch fester und mit Schrekken sah Agostino das Ende des Gedichtes herannahen. Kurz entschlossen fügte er an die letzte Strophe der *Fonti del Clitunno* den ersten Vers von *Davanti a San Guido* an. Das war zugleich auch eine Probe – wenn es derer überhaupt noch bedurfte –, um sich zu vergewissern, daß Saro sich gar nichts aus den Gedichten machte, sondern ganz andere Dinge im Kopfe hatte; Pläne, die Agostino nur dunkel ahnte, ohne sie zu begreifen. Das Experiment gelang: *«I cipressi che a Bolgheri alti e schietti»,* ertönte es plötzlich unvorbereitet. Saro schien den Wechsel nicht zu bemerken. Da unterbrach Agostino seinen Vortrag mit erbitterter Stimme: «Lassen Sie mich los, bitte!» und versuchte zugleich, sich zu befreien.

Saro wurde aufgestört, und ohne ihn loszulassen öffnete er die Augen, drehte sich um und schaute ihn an. Auf Agostinos Gesicht spiegelten sich so unverhüllt Schrecken und Widerwille, daß Saro plötzlich den völligen Fehlschlag seines Planes begriff. Ganz langsam, Finger für Finger, befreite er Agostinos eingeschlafene Hand und brummte dann mit tiefer Stimme, als ob er mit sich selbst redete: «Wovor fürchtest du dich eigentlich? Ich bringe dich ja jetzt ans Ufer.»

Schwerfällig erhob er sich und zog das Steuer herum, bis die Spitze des Bootes zum Strand hin stand.

Schweigend rieb Agostino seine eingeschlafene Hand, dann stand er auf und setzte sich ganz vorne hin. Die Barke war jetzt nicht mehr weit vom Ufer entfernt. Man übersah den ganzen, an dieser Stelle sehr breiten Strand, große Flächen schneeweißen, in der Sonne glühenden Sandes, dahinter drängte sich die Pineta, bräunlich und schiefgewachsen. Rio bildete einen tiefen Einschnitt in dieser hohen Uferregion, die Hügel dahinter waren von einem Dickicht des blaugrünen Röhrichts überzogen. Agostino entdeckte am Ufer ein Häufchen Menschen, aus deren Mitte eine schwarze Rauchwolke emporstieg. Er wandte sich fragend an Saro, der am Heck saß und das Steuer bediente: «Landen wir hier?»

«Ja, das dort ist Rio», antwortete Saro gleichgültig.

Als das Boot sich dem Ufer immer mehr näherte,

sah Agostino, wie sich die Gruppe um das Feuer auflöste und jeder zum Wasser rannte; es waren die gesuchten Gefährten. Sie wedelten mit den Armen und schrien irgend etwas, aber der Wind verwehte den Klang der Stimmen. «Sind sie das?» fragte er schüchtern.

«Ja, das sind sie», antwortete Saro.

Das Ufer rückte heran und Agostino konnte jetzt deutlich die einzelnen Jungen unterscheiden. Keiner fehlte: Tortima, Berto, Sandro und alle übrigen waren da. Auch Homs sprang wie die anderen lachend und schreiend am Wasser auf und ab und diese Entdeckung stimmte Agostino sehr mißmutig, er wußte selbst nicht, warum. Die Barke lief direkt auf den Strand zu, deshalb drehte Saro das Steuer herum und stellte sie quer, daraufhin faßte er das Segel, drückte das Tuch zusammen und ließ es herab. Jetzt schaukelte das Boot unbeweglich im tiefen Wasser. Saro kramte einen kleinen Anker hervor und ließ ihn ins Wasser hinab. «Aussteigen!» sagte er. Er kletterte über die Bordwand und lief im Wasser den am Ufer wartenden Jungen entgegen.

Agostino sah, wie ihn die Horde mit Beifallsrufen bestürmte, die Saro kopfschüttelnd aufnahm. Eine noch geräuschvollere Begrüßung wurde ihm bei seiner Ankunft zuteil und einen Augenblick lang bildete er sich ein, es wäre freundschaftliche Herzlichkeit. Aber bald wurde ihm sein Irrtum klar. Alle lachten verächtlich unter beißendem Spott. Berto schrie: «Schaut nur unseren tapferen Pisa an, dem die Rundfahrten auf dem Meer gefallen!» Tortima hielt die Hand vor den Mund und dichtete einen groben Vers, die anderen trieben es ähnlich. Selbst der sonst so zurückhaltende Sandro schien ihn mißbilligend zu betrachten. Der Neger hüpfte um Saro herum, der als erster zu dem am Strand brennenden Feuer ging. Erstaunt und leise beunruhigt hockte sich Agostino zu den anderen um das Feuer.

Die Jungen hatten aus nassem, gepreßtem Sand so etwas wie einen rohen Herd gebaut. Darinnen brannten trockene Zweige sowie Pinienzapfen und -nadeln. Quer über der Öffnung lagen Maiskolben und rösteten langsam. Neben dem Feuer lagen zahllose Früchte auf einer Zeitung, in der Mitte eine große Wassermelone. «Du bist wirklich tüchtig, Pisa», wiederholte Berto, sobald alle saßen, «jetzt seid ihr endlich Kameraden, du und Homs — einer wird dem anderen immer ähnlicher, ihr seid nun sozusagen Brüder. Er ist ein Schwarzer, du bist weiß, aber im übrigen ist der Unterschied gering ... beide fahrt ihr gern im Boot spazieren —!»

Der Neger grinste befriedigt. Vor sich hinbrütend fuhr Saro fort, die Kolben über dem Feuer zu wenden. Die anderen lachten laut. Berto trieb das Gespött so weit, Agostino einen Schubs zu geben, der ihn gegen den Neger warf, so daß sie vorübergehend aneinanderlehnten, der eine in seiner Niedrigkeit geschmeichelt lachend, der andere nichts begreifend und voll Widerwillen. «Was habt ihr eigentlich?» fragte Agostino plötzlich. «Ich bin im Boot gefahren — was ist denn da schon dabei?»

«Ah, was ist denn schon dran! Er ist im Boot gefahren, was ist Böses dabei —» wiederholten lauter ironische Stimmen, während die meisten sich den Bauch vor Lachen hielten. «Ja, wahrhaftig, was ist denn schon dabei», wiederholte Berto und zitierte den Spottvers von neuem, «es ist gar nichts dabei ... Homs findet es sogar sehr gut, nicht wahr, Homs?» Der Neger bejahte freudig. Allmählich begann Agostino, wenn auch unklar, die Wahrheit aufzudämmern und er sah einen Zusammenhang zwischen dem Gespötte und dem merkwürdigen Verhalten Saros auf der Fahrt.

«Ich weiß nicht, was ihr von mir wollt, ich habe nichts Schlechtes im Boot getan — Saro hat mich Gedichte aufsagen lassen, das ist alles.»

«Aha! Gedichte ...» tönte es von allen Seiten.

«Habe ich nicht die Wahrheit gesagt, Saro?» erboste sich Agostino mit rotem Kopf. Saro sagte weder ja noch nein, sondern begnügte sich damit zu lächeln und ihn, man könnte fast sagen, neugierig zu betrachten. Die Jungen verwechselten diese anscheinend indifferente, in Wahrheit aber verräterische und eitle Haltung mit ihrer Deutung, Saro wolle Agostino Lügen strafen. «Es versteht sich», wiederholten mehrere, «man geht den Wirt fragen, ob der Wein gut sei, nicht wahr, Saro? Das ist wirklich ein

Wer Bücher schenkt …

Witz – o je, Pisa, Pisa!» Vor allem der rachsüchtige Neger schien die Sachlage zu genießen.

Agostino wandte sich an ihn und fragte ihn zitternd vor Wut: «Was gibt's denn dabei zu lachen?»

«Hm ... nichts», damit entfernte er sich.

«Zankt euch bloß nicht, Saro wird euch schon wieder versöhnen», bemerkte Berto. Aber die Jungen redeten schon wieder von anderen Dingen, als ob die Sache, auf die sie angespielt hatten, bereits beigelegt und keiner Diskussion mehr wert sei. Sie erzählten, wie sie in ein Feld eingedrungen seien und dort Mais und Obst geräubert hätten; dann wäre ihnen der Bauer wütend mit einem Gewehr entgegengekommen, sie seien nur um Haaresbreite entwischt und der Bauer hätte ihnen noch eine Salve nachgefeuert, aber ohne jemand zu verletzen. Mittlerweile waren die Kolben gar geworden, braun gebraten auf dem beinahe erloschenen Feuer. Saro nahm sie vom Ofen und verteilte sie an alle mit dem üblichen väterlichen Wohlwollen. Agostino benützte einen unbeobachteten Moment während des Essens und rückte schnell neben Sandro, der ein wenig abseits an seinem Maiskolben kaute.

«Was ist eigentlich los?» begann er. Der andere gab ihm mit einem Blick zu verstehen, daß er nichts weiter zu sagen brauchte. «Der Neger ist mit der Trambahn gekommen», erzählte Sandro langsam, «und hat gesagt, Saro und du, ihr wäret in der Barke gefahren.»

«Na und . . . was ist denn dabei?»

«Mich geht es ja nichts an», antwortete Sandro und starrte auf den Boden, «das sind eure Angelegenheiten – deine und des Schwarzen – aber Saro . . .» Er beendete den Satz nicht, sondern blickte Agostino bloß vielsagend an.

«Ja und?»

«Weißt du – ich würde mit Saro nicht allein im Boot fahren.»

«Aber warum denn bloß?»

Sandro blickte sich um, dann senkte er die Stimme und gab Agostino eine Erklärung, die dieser annahm, ohne sich weiter dazu zu äußern. «Ah», mehr brachte er nicht heraus, dann kehrte er wortlos zur Gruppe der Gefährten zurück.

Saro hockte inmitten der Jungen, den Kopf schief auf eine Schulter geneigt – das Bild eines zufriedenen Vaters, umgeben von seinen Söhnen. Aber Agostino konnte ihn jetzt nicht mehr ansehen, ohne einen tiefen Haß zu verspüren, noch stärker als jenen gegen den Neger. Vor allem das Schweigen seinen Protesten gegenüber verbitterte ihn; als ob er den Gefährten zu verstehen geben wollte, das, wofür sie ihn verhöhnten, sei wirklich vorgefallen. Außerdem konnte Agostino nicht umhin, einen aus Verachtung und Verspottung gebildeten Abstand zu bemerken, der zwischen ihm und den Jungen herrschte; derselbe Abstand, wie er sich plötzlich klarmachte, der zwischen ihnen und dem Neger bestand. Nur schien der Schwarze, anstatt beleidigt oder gedemütigt zu sein, diesen Zustand beinahe zu genießen. Mehr als einmal versuchte Agostino, die Rede auf das Thema zu bringen, das ihn heimlich wurmte, aber immer wieder begegnete er Albereien oder beleidigender Gleichgültigkeit. Im übrigen, obwohl Sandros Erklärung nichts an Deutlichkeit zu wünschen übriggelassen hatte, kam er immer noch nicht ganz damit zurecht, was wirklich vorgefallen war. Alles um ihn und in ihm war dunkel, als ob ihn statt Sand, Himmel und Wasser nur Finsternis, Nebel und drohende, undeutliche Formen umgäben. Mittlerweile hatten die Jungen die gerösteten Körner von den Kolben abgenagt und warfen die Strünke in den Sand. «Wollen wir nach Rio baden gehen?» schlug einer vor und alle stimmten zu. Auch Saro erhob sich und ging mit ihnen; später würde er sie dann wohl alle in der Barke zum Vespucci-Bad zurückbringen müssen.

Während sie über den Sand liefen, löste sich Sandro aus der Gruppe und kam zu Agostino. «Wenn der Neger dich beleidigt hat», sagte er halblaut, «so räch dich doch an ihm!»

«Wie soll ich denn das anfangen?» fragte Agostino mit sinkendem Mut.

«Verhau ihn tüchtig.»

«Er ist doch stärker als ich», sagte Agostino, der sich noch lebhaft an den früheren Zweikampf erinnerte, «aber wenn du mir beistehen willst —»

«Wie stellst du dir denn das vor! Das sind eure Angelegenheiten, die mußt du schon allein mit dem Schwarzen ausmachen.» Sandro sagte dies in einem besonderen Ton, als ob er durchblicken lassen wollte, er denke nicht anders als die übrigen über die Gründe, welche Agostinos Haß gegen den Neger bedingten. Agostino fühlte sich tief getroffen durch seine Worte. So glaubte also auch Sandro den Verleumdungen, der einzige, der ihm ein wenig Freundschaft erwiesen hatte. Nach diesem Ratschlag ließ Sandro ihn stehen, als ob er fürchtete, zuviel mit ihm zusammen gesehen zu werden, und gesellte sich wieder zu den anderen.

Vom Strand aus kamen sie in das niedrige Gehölz der jungen Pinien, dann überquerten sie einen sandigen Pfad und traten in das Röhricht ein. Das Schilf stand dichtgedrängt, viele Kolben trugen an der Spitze weiße Büschel. Die Jungen verschwanden und tauchten wieder auf zwischen den langen, grünen Lanzen, sie rutschten auf dem schlüpfrigen Morast und bogen die Rohre unter trockenem Rascheln der faserigen, starren Blätter zur Seite. Endlich fanden sie eine Stelle, wo sich das Röhricht zu einem schlammigen Küstenstreifen erweiterte. Bei ihrem Erscheinen sprangen große Frösche von allen Seiten in das grünliche, trübe Gewässer. Hier begann die Bande sich auszuziehen unter den Augen Saros, der mit dem Rücken zum Röhricht auf einem Stein saß und scheinbar unbemerkt rauchte; dabei musterte er sie aber doch unter halbgeschlossenen Lidern hervor. Agostino schämte sich, aber ängstlich vor erneutem Spott, begann auch er sich die Hosen auszuziehen. Er verfuhr möglichst langsam dabei und schielte immer wieder zu den anderen hinüber. Die Jungen schienen sich herrlich zu amüsieren, sie stießen sich herum und hinderten sich gegenseitig am Auskleiden. Sie sahen alle gegen den grünen Hintergrund des Röhrichts ganz weiß aus, und diese Blässe enthüllte eine gedrungene, ungraziöse und ausschließlich muskulöse Körperbildung, wie sie meistens Menschen eigen ist, die körperlich arbeiten. Nur der gelenkige, wohlproportionierte Sandro war von Kopf bis Füßen gleichmäßig braun verbrannt und schien gar nicht entkleidet zu sein; jedenfalls wirkte er nicht auf jene häßliche Art nackt, die sich so häufig in öffentlichen Schwimmbädern findet. Die Jungen fingen an zu tauchen und stießen sich unter zahllosen Narreteien und Verrenkungen gegenseitig mit einer Leichtigkeit und zügellosen Ausgelassenheit, die Agostino erstaunte. Er war jetzt auch nackt, seine bloßen Füße wurden schwarz und schmutzig durch den kalten Morast, aber er hätte sich am liebsten im Schilf versteckt, nur um den Blicken zu entweichen, die Saro, in unbeweglicher Hockstellung einem Bewohner des Röhrichts gleich, aus halbgeschlossenen Augen auf ihn warf. Nur war sein Widerwille wie bisher nicht stärker als die trübe Anziehungskraft, die ihn an die Bande der Jungen fesselte; all diese verschiedenen Gefühle waren zu unlöslich vermischt, um ihm Aufschluß darüber zu geben, was für ein Vergnügen sich eigentlich unter all der Furcht verbarg. Die Jungen stellten sich der Reihe nach voreinander hin und rühmten ihre Mannhaftigkeit und ihre Vorzüge. Tortima — der eitelste und gleichzeitig der gewöhnlichste von allen — ging so weit, zu Agostino hinüber zu schreien: «Und wenn ich mich nun eines Morgens so nackt deiner Mutter vorstellte — was würde sie dann sagen? Würde sie mit mir gehen?»

«Nein», sagte Agostino.

«Selbstverständlich würde sie sofort mitkommen», meinte Tortima, «sie würde mich von oben bis unten mustern, und dann sagen: ‹Los, Tortima, laß uns hinausfahren!›»

Alle lachten über seine Dummheit; und mit dem Ruf: «Los, Tortima, laß uns hinausfahren!» sprangen sie nacheinander kopfüber in den Fluß, genau wie die Frösche, die sie aufgestöbert hatten.

Die Bucht war auf allen Seiten von hohem Schilf umgeben, deshalb übersah man nur eine kleine Strecke des Flusses. Aber als sie sich in der Mitte der Strömung befanden, wurde das ganze Flüßchen sichtbar, dessen dunkles Wasser in unmerklicher Bewegung dahinfloß, um weiter oben inmitten der Sandwellen zu verschwinden. Am Fuß des Berghanges zog sich der Flußlauf bis zu einer kleinen Eisenbrücke hin zwischen zwei Reihen niederer, silbriger Büsche, deren verschlungene Äste merkwürdige Schatten auf den glänzenden Wasserspiegel warfen. Dahinter versperrte ein dichtes Gewirr von Schilf, Pinien und Pappeln den Ausblick. Ein rotes Haus lag halb versteckt zwischen den Bäumen und schien die Brücke zu überwachen. Einen Augenblick lang fühlte Agostino sich glücklich beim Schwimmen in dem kalten, reißenden Wasser, das seine Beine davonzutragen schien. Er vergaß all seinen Kummer und Verdruß. Die Jungen schwammen in alle Richtungen, nur ihre Köpfe und Arme ragten aus der grünen Oberfläche des Flüßchens heraus; ihre Stimmen hallten in der windstillen Luft. In der glasklaren Durchsichtigkeit des fließenden Wassers glichen ihre Körper weißen Wasserpflanzen, die sich je nach der Stärke der Strömung hin und her bewegten. Agostino näherte sich dem nicht weit entfernt schwimmenden Berto und fragte ihn: «Sind viele Fische in diesem Fluß?»

Berto schaute ihn an und antwortete: «Was hast du denn hier zu suchen? Warum leistest du Saro keine Gesellschaft?»

«Weil ich gerne schwimme», knurrte Agostino gekränkt, kehrte um und entfernte sich. Aber da er weniger kräftig und geübt war als die anderen, ermüdete er bald und ließ sich von der Strömung zur Mündung treiben. Bald blieben die Jungen mit ihrem Lärm und Geschrei zurück; das Schilf lichtete sich und das seichtere Wasser enthüllte den ganz von grauen, schwankenden Algen bedeckten Sandboden. Nachdem er eine tiefere Stelle durchquert hatte, die wie ein grünes Auge in der durchsichtigen Strömung lag, setzte er die Füße auf den Sand und kämpfte sich gegen den Sog ans Ufer. Das Flüßchen staute sich noch einmal, bevor es das Meer erreichte, und floß dann in einem großen Schwall in die Wogen. Die Strömung verlor ihre Kraft, verbreiterte sich fächerförmig, verdünnte sich und bildete schließlich nur noch einen klaren Schleier auf dem sandigen Grund. Das Meer lief mit kleinen schaumgekrönten Wellen in die Flußmündung hinein, zurückgebliebene Lachen des Stromes in dem mit Wasser getränkten Sand spiegelten da und dort den strahlenden Himmel wider. Immer noch nackt, lief Agostino ein Stück weit auf dem weichen, glatten Sand dahin und vergnügte sich damit, seine Füße fest aufzusetzen und dann zu beobachten, wie das sogleich hervorquellende Wasser die Fußstapfen vergrößerte. Er verspürte einen unbestimmten, sehnsüchtigen Wunsch, den Fluß zu überqueren und sich längs der Küste zu entfernen, die Jungen, Saro, die Mutter und das ganze alte Leben zurücklassend. Wer weiß, vielleicht würde er, wenn er immer am Meer entlang über den weichen, weißen Sand vorwärts liefe, schließlich doch in einer Umgebung anlangen, wo alle diese Scheußlichkeiten nicht existierten. In einem Land, in dem er aufgenommen würde, wie es sein Herz begehrte, und wo es möglich wäre, all das zu vergessen, was er erfahren hatte. Er wünschte sich sehnlichst, das Halbverstandene ohne Scham und

Verletzung auf eine natürliche, freundliche Art neu zu erleben, die es doch auch geben mußte. Er betrachtete den Dunstschleier, der am Horizont die Grenzen des Meeres und der Küste verwischte und fühlte sich angezogen von dieser unermeßlichen Größe der Natur als dem einzigen Ausweg aus seiner augenblicklichen Zwangslage. Die Rufe der Gefährten auf dem Weg zur Barke am Ufer weckten ihn aus seiner schmerzlichen Phantasiewelt. Einer von ihnen schwenkte seine Kleider und Berto schrie: «Pisa – wir fahren ab.» Er riß sich los und lief längs des Meeres zurück zu den Gefährten.

Alle Jungen drängten sich ins tiefe Wasser, Saro erteilte väterliche Ermahnungen, die Barke sei viel zu klein, um sie alle aufzunehmen, aber er schien nur zu warnen. Wie kleine Teufel stürzten sich die Jungen schreiend auf das Boot, zwanzig Hände klammerten sich an die Seitenwände und im Nu war die Barke gefüllt mit herumfuchtelnden Gestalten. Einige streckten sich auf dem Boden aus, andere kletterten auf das Heck und gruppierten sich um das Steuer, während die übrigen sich auf den Vordersteven und die Sitze verteilten. Die letzten hockten sich rittlings auf die Bordwände und ließen die Beine ins Wasser baumeln. Das Boot war wirklich zu klein für soviel Menschen und senkte sich unter seiner Last beinahe bis zum Wasserspiegel.

«Jetzt sind alle drin», stellte Saro befriedigt fest. Aufrecht im Boot stehend löste er das Segel und die

Barke schoß unter allgemeinem Jubelgeschrei vorwärts.

Nur Agostino nahm nicht teil an der fröhlichen Stimmung der anderen. Er suchte nach einem günstigen Augenblick, um sich von den ihn bedrückenden Verleumdungen reinzuwaschen und benützte die Gelegenheit, als die Jungen untereinander schwatzten, sich dem Neger zu nähern. Der war ganz oben auf den Vorsteven geklettert, hockte dort allein und wirkte in seiner Schwärze fast wie eine neuartige Galionsfigur. Agostino packte ihn am Arm und fragte barsch: «Du, hör mal! Was für Gerüchte hast du vorhin über mich verbreitet?»

Der Augenblick war schlecht gewählt, aber Agostino hatte den Schwarzen nicht früher stellen können, da dieser seine Wut wohl spürte und weislich seine Nähe gemieden hatte, solange sie noch am Ufer waren.

«Ich habe bloß die Wahrheit gesagt», murrte Homs, ohne ihn anzublicken.

«Nämlich?»

Der Neger gebrauchte einen Ausdruck, der Agostino erschreckte. «Laß mich in Ruhe, ich habe nur die Wahrheit gesagt! Aber wenn du weiterhin Saro gegen mich aufhetzt, dann gehe ich und erzähle deiner Mutter alles – nimm dich in acht, Pisa!»

«Was?» rief Agostino und plötzlich öffnete sich ein unsichtbarer Abgrund unter seinen Füßen. «Was sagst du da? Bist du verrückt geworden? Ich...

ich ...» Er stammelte nur und brachte nicht fertig, in Worte zu fassen, was ihm seine Einbildungskraft plötzlich vorgaukelte. Aber er kam auch gar nicht dazu, weiter zu sprechen, denn plötzlich kicherten alle anderen.

«Da, seht doch die beiden an, einer neben dem anderen», wiederholte Berto lachend, «man sollte sie bloß noch zusammen fotografieren, Homs und Pisa! Bleibt nur so, ihr beiden, bleibt zusammen.» Mit brennend rotem Kopf drehte Agostino sich um zu den lachenden Gesichtern. Selbst Saro lächelte unter seinem Bart mit halbgeschlossenen Augen. Wie vor einem Reptil zurückweichend löste sich Agostino von dem Neger, kauerte sich mit angezogenen Knien in eine Ecke und starrte mit Tränen in den Augen aufs Meer hinaus.

Die Zeit des Sonnenuntergangs war gekommen, glutrot, teilweise von Wolken verdeckt, stand der Sonnenball am Horizont über dem violetten, von glänzenden Lichtstreifen durchzogenen Wasser. Ein stärkerer Wind hatte sich erhoben, und die Barke zog kräftig vorwärts, nicht ohne sich unter der schweren Last immer wieder gefährlich auf eine Seite zu neigen. Ihre vordere Spitze war auf das offene Meer gerichtet, sie schien nicht mehr an die Erdkraft gebunden zu sein, sondern geradewegs auf die verschwommenen Umrisse ferner Inseln loszusteuern, die im rosigen Nebel des Sonnenuntergangs über dem Wasser entstanden.

Saro klemmte die von den Jungen gestohlene Wassermelone zwischen seine Knie, öffnete sie mit einem Matrosenmesser und verteilte große Scheiben an die ganze Bande. Sie reichten sich gegenseitig die Stücke und aßen sie gierig, dann flog eine rötliche Schale nach der anderen ins Meer. Nachdem die Melone verzehrt war, kreiste Saros Weinflasche, die dieser mit wichtiger Miene unter dem Heck hervorgeholt hatte. Auch Agostino nahm einen Schluck des starken Weins, der ihm sofort zu Kopfe stieg. Als die Flasche leer war, begann Tortima ein unanständiges Liedchen zu singen, und alle stimmten in den Kehrreim ein. Zwischen den einzelnen Strophen reizten die Jungen Agostino, doch auch mitzumachen, denn alle hatten seine Trübsinnigkeit bemerkt, aber keiner redete mit ihm, ohne ihn zu necken oder zu veralbern. Agostino verspürte jetzt eine Schwermut und schmerzhafte Verlassenheit, die durch die kühle Meeresluft und den farbenreichen Sonnenuntergang über dem Wasserspiegel nur noch bitterer und unerträglicher wurden. Es erschien ihm unfaßbar ungerecht, daß in dieser wunderbaren Landschaft ein Boot wie das ihrige herumkreuzte, so überquellend von Schlechtigkeit, Grausamkeit und treuloser Verderbtheit. Die ganze Szene dieser Barke, angefüllt mit den affenartig gestikulierenden Jungen und dem aufgeblasenen, zufrieden grinsenden Saro am Steuer, bot einen beängstigend traurigen Anblick für ihn angesichts der stillen Natur umher. Zeitweilig wünschte er sich, daß das Boot unterginge; er bildete sich ein, gerne zu sterben, so beschmutzt fühlte er sich von all der Unlauterkeit. Wie weit entfernt schienen die Morgenstunden, als er zum erstenmal das rote Zelt des Vespucci-Bades erblickt hatte, so weit entfernt, als ob sie einem vergangenen Zeitalter angehörten. Jedesmal, wenn die Barke über eine größere Welle glitt, fuhr er zusammen bei dem Geheul der Jungen; wenn der Neger ihn mit seiner scheinheiligen, abstoßenden Demut ansprach, hätte er sich am liebsten die Ohren zugehalten, und er wich in den äußersten Winkel des Bootes zurück. Er war sich unklar bewußt, an diesem düsteren Tag in ein schwieriges, unglückliches Alter eingetreten zu sein, aus dem er noch keinen Ausweg erkennen konnte. Die Barke irrte noch ein wenig auf dem Meer umher, endlich fuhr sie in den Hafen und legte bei. Sobald sie ankerten, schoß Agostino grußlos davon. Aber in einiger Entfernung verlangsamte er dann seinen Schritt und wandte sich um. Von weitem beobachtete er, wie die Jungen am dämmernden Strand Saro halfen, das Boot aufs Trockene zu ziehen.

Seit jener ersten Begegnung mit Saro und den Jungen begann für Agostino eine dunkle und qualvolle Zeit; an einem erlebnisreichen Tag waren ihm die Augen gewaltsam geöffnet worden, aber er hatte fast mehr erfahren, als er ertragen konnte. Stärker noch als das Neuartige des Erlebten bedrückte und vergiftete ihn die Art der Übermittlung in ihrer unverhüllten, derben Brutalität. Er hatte sich unter anderem eingebildet, seine Beziehungen zur Mutter würden sich auf Grund der Enthüllungen klären; Unbehagen, Verdruß und Widerwillen, welche die mütterlichen Liebkosungen vor allem in letzter Zeit in ihm erweckt hatten, würden sich nach Saros Erklärungen plötzlich wie durch Zauberei in eine beruhigte, heitere Mitwisserschaft verwandeln. Aber so einfach war es nicht; Unbehagen, Verdruß und Widerwillen blieben bestehen; nur während sie früher aus einer kindlichen Anhänglichkeit entstanden waren, untermischt und beunruhigt vom dunklen Bewußtwerden der mütterlichen Weiblichkeit, erwuchsen sie nach jenem, in Saros Umgebung verbrachten Tag, aus einem bitteren, unlauteren Gefühl der Neugier heraus, das durch die hartnäckig sich widersetzende kindliche Ehrfurcht nur noch unerträglicher gemacht wurde. Früher hatte er unbewußt versucht, seine Anhänglichkeit von jenem unberechtigten Widerwillen loszulösen, jetzt zwang ihn etwas dazu, seine neue Erfahrung zu trennen von dem unlauteren Gefühl, er sei der Sohn jenes Wesens, in dem er nichts als eine Frau erkennen konnte. Es kam ihm so vor, als ob alles Unglücklichsein in dem Augenblick verschwinden müßte, in dem er seine Mutter nur mit Saros und der Jungen Augen als eine Schönheit betrachten würde. Deshalb verbiß er sich darauf, Gelegenheiten herbeizuführen, die diese Überzeugung bestätigen würden. Statt dessen wurden bei diesen Bestrebungen nur die frühere Ehrfurcht durch Grausamkeit und die Anhänglichkeit durch Sinnlichkeit ersetzt.

Die Mutter verhüllte sich zu Hause ebenso wie früher nicht besonders vor seinen Augen, da sie seinen veränderten Blick nicht bemerkte. Ihre Unbekümmertheit erschien Agostino aufreizend und herausfordernd. Manchmal, wenn sie ihn zu sich rief, fand er sie dann nur lose bekleidet vor dem Spiegel; oder er erwachte und sah, wie sie sich zum Morgenkuß über ihn beugte, wobei sich der Morgenrock öffnete und der Körper sich im durchscheinenden, noch von der Nacht zerknitterten Hemd abzeichnete. Sie benahm sich vor seinen Augen, als sei er gar nicht anwesend, befestigte sich die Strümpfe oder zog sich aus und an und machte sich zurecht. Alle diese täglichen Handlungen waren Agostino früher ganz natürlich vorgekommen, nun erschienen sie auf einmal in einem neuen, bedeutsamen Licht als sichtbare Zeichen einer weitreichenden und gefährlichen Wirklichkeit, die seine Seele zwischen Neugier und Schmerz hin und her zerrte. Er wiederholte sich immer wieder: ‹Sie ist ja nur eine Frau›, mit der objektiven Indifferenz des eingebildeten Kenners; aber einen Augenblick später hielt er die mütterliche Ahnungslosigkeit und seine eigene Haltung nicht mehr aus und hätte am liebsten geschrien: Zieh dich doch an, laß mich in Ruhe! Zeig dich nicht so vor mir, ich bin nicht mehr so kindlich wie früher. Im übrigen scheiterte seine Hoffnung, in ihr nichts weiter als eine Frau zu erblicken, ganz plötzlich. Er machte sich sehr bald klar, daß sie, wenn auch zum Begriff ‹Frau› gewandelt, in seinen Augen mehr als je die Mutter darstellte. Auf einmal wußte er: jene grausame Scham, die er zuerst nur der Neuheit seiner Gefühlswelt zuschrieb, würde ihn nicht mehr verlassen; außerdem würde sie immer der Mensch bleiben, an dem er mit reiner und freier Liebe gehangen hatte. Immer würde sie ihre Fraulichkeit durch jene kleinen, zärtlichen Gesten unterstreichen, die so lange die einzigen ihm bekannten gewesen waren. Endlich wurde ihm ganz klar, er könne niemals seine neue Meinung von ihr von der getrübten Erinnerung an ihre frühere Würde trennen.

Er bezweifelte gar nicht, daß die Mutter und der Fremde jene Beziehungen unterhielten, von denen bei Saro gesprochen worden war. Nur seine eigene, veränderte Reaktion auf diese Tatsache verwunderte ihn. Früher hatte er in verschwommener Form ausschließlich Eifersucht auf die Mutter und Abneigung gegen den jungen Mann empfunden. Aber jetzt wollte er in dem Bemühen, objektiv und heiter zu bleiben, Verständnis für den Fremden und Gleichgültigkeit gegenüber der Mutter aufbringen. Doch das gelang nicht; statt Verständnis entwickelten sich nur immer mehr Komplikationen, und aus Gleichgültigkeit wurde Neugier. Es fiel ihm allmählich immer seltener die Aufgabe zu, die beiden aufs Meer hinaus zu begleiten, weil er stets solchen Aufforderungen zu entgehen suchte. Aber wenn er dabei war, beobachtete er sorgfältig alle Bewegungen und Worte des jungen Mannes, von dem Wunsche beseelt, ihn die Grenzen der gewohnten weltmännischen Schmeicheleien übertreten zu sehen; auch die Mutter ließ er nicht aus den Augen, um eine Bestätigung für seinen Verdacht zu finden. Seine widerstreitenden Gefühle wurden immer unerträglicher, weil sie gerade das Gegenteil von dem erzielten, was er sich wünschte. Er sehnte sich zurück nach dem Mitleid, das die Hemmungslosigkeit der Mutter anfangs in ihm geweckt hatte; dieses Mitleid war so viel menschlicher und liebevoller gewesen als die gegenwärtige erbarmungslose Wachsamkeit.

Aus all diesen seelischen Kämpfen blieb in ihm ein trübes Gefühl von Unreinheit zurück. Ihm schien, er habe die kindliche Unschuld nicht für eine männliche, klare Haltung eingetauscht, wie er gehofft hatte, sondern für einen verwirrten zwitterhaften Zustand, in dem ohne Gegenwerte irgendwelcher Art die alte Widerborstigkeit noch vermehrt würde. Was half es, klar zu sehen, wenn diese Klarheit nur noch undurchdringlichere Schatten mit sich brachte? Immer wieder fragte er sich, wie wohl die größeren Jungen mit dem schwierigen Problem fertigwürden, die eigene Mutter zu lieben und zur gleichen Zeit über die Kenntnisse zu verfügen, die auch er nun besaß. Er schloß daraus, jenes Bewußtsein müßte notgedrungen in ihnen nach einiger Zeit die kindliche Anhänglichkeit ersticken, während in ihm selber kein Gefühl das andere ganz verjagen konnte; sie vermischten sich immer wieder und brachten nur Unruhe hervor.

Die gewohnte Umgebung zu Hause, in der alle diese Entdeckungen und inneren Kämpfe stattfanden, empfand er bald als unerträglich. Am Strand wurde er wenigstens durch Sonne und Wellen, durch die Späße der Badenden und die Gegenwart vieler anderer Frauen abgelenkt und zerstreut. Aber hier, zwischen den vier Wänden allein mit seiner Mutter, fühlte er sich allen Versuchungen und Widersprüchen ausgesetzt. Beim Baden trat die Nacktheit der Mutter inmitten der Schwimmer nicht besonders hervor, aber hier erschien sie einmalig und übertrieben. Wie auf einer engen Bühne, auf der die Schauspieler größer wirken als sie in Wirklichkeit sind, wurde jeder Bewegung und jedem Wort eine besondere Bedeutung beigemessen. Agostino besaß einen ausgesprochenen Sinn für familiäre Vertrautheit; während seiner Kindheit stellten Gänge, Schlupfwinkel und Zimmer für ihn veränderliche und unbekannte Orte dar, wo man die merkwürdigsten Entdeckungen machen konnte und phantastische Abwechslungen erlebte. Aber nach der Begegnung mit den Jungen im roten Zelt veränderten sich diese Erlebnisse plötzlich vollständig, und er war sich nicht klar darüber, ob er diese Entwicklung anziehend oder erschreckend empfand.

Früher hatte er Hinterhalte, Schatten, Gestalten und Stimmen in Möbeln und Wänden ersonnen; jetzt beschäftigte sich seine Phantasie nicht mehr mit den Erdichtungen seiner kindlichen Überfülle, sondern richtete sich auf die neue Wirklichkeit, mit der Mauern und Geräte, ja, selbst die Luft des Hauses durchtränkt zu sein schien. An die Stelle der früheren, unschuldigen Abenteurerlust, die sich zur Nachtzeit durch den mütterlichen Kuß und im vertrauensvollen Schlaf beruhigte, trat jetzt brennende, schamerfüllte Neugier, die vor allem bei Nacht wuchs und mehr Nahrung für ihr unreines Feuer zu finden schien. Überall im Haus fand er die Spuren der Gegenwart einer Frau, der einzigen, welcher er sich nähern konnte; und diese Frau war seine Mutter. Bei Tag blieb er an ihrer Seite, überwachte sie, spähte an ihrer Tür und berührte ihre Kleider. Nachts träumte er dann mit offenen Augen oder hatte kummervolles Albdrücken. Manchmal fühlte er sich wieder als Kind, fürchtete sich vor einem Rascheln oder einem Schatten, fuhr im Bett hoch und lief, um Zuflucht am Bett der Mutter zu suchen. Aber sobald er die Füße auf den Boden setzte, wurde ihm trotz seiner Schlaftrunkenheit klar, daß jene Furcht nichts anderes als eine geschickt getarnte Neugierde sei und der verborgene wahre Zweck des nächtlichen Besuchs sich schnell enthüllen würde, sobald er sich in den Armen der Mutter befände. Oder er erwachte plötzlich und fing an zu grübeln, ob der Fremde sich im anstoßenden Zimmer bei der Mutter befände. Gewisse Gerüchte schienen diesen Verdacht zu bekräftigen, andere zerstreuten ihn. Eine Weile lang warf er sich unruhig im Bett herum; am Ende befand er sich im Hemd auf dem Gang vor dem Zimmer der Mutter, horchte und spionierte, ohne zu wissen, wie er dorthin gelangt war. Einmal konnte er sogar der Versuchung nicht widerstehen und trat ein ohne anzuklopfen. In der Mitte des Zimmers blieb er unbeweglich stehen; schwaches Mondlicht fiel durch die offenen Fenster und beleuchtete die schwarzen Lokken und undeutlichen Formen der Schlafenden. Sie erwachte. «Bist du es, Agostino?» Wortlos floh er in sein Zimmer zurück.

Sein innerer Widerstand in der Nähe der Mutter trieb ihn immer häufiger zum Vespucci-Bad. Aber hier erwarteten ihn andere Qualen, die diesen Ort nicht weniger verabscheuungswürdig als sein Zuhause erscheinen ließen. Die Haltung der Jungen nach seiner Bootsfahrt mit Saro hatte sich inzwischen nicht geändert; war eher zu einem fertigen, unveränderlichen Urteil geworden. Er galt als der erklärte Günstling Saros, und nichts konnte diese Idee mehr vertreiben. So gesellte sich zu der ersten neidvollen Verachtung, hervorgerufen durch seinen Reichtum, noch ein zweiter Grund in seiner angenommenen Verderbtheit. In der brutalen Gedankenwelt der Jungen schien ein Grund den anderen zu rechtfertigen, einer aus dem anderen zu entstehen. Er sei reich, schienen die Jungen mit ihrer demütigenden und hohnvollen Haltung sagen zu wollen, also auch verdorben. Agostino entdeckte bald die feine Verbindung zwischen den beiden Anklagen und begriff undeutlich, er zahle auf diese Weise für seine andere Wesensart und seine Überlegenheit, die durch seine besseren Kleider, seine Erzählungen von zu Hause, seinen Geschmack und seine Sprache zum Ausdruck kamen; eben diese andere Art und moralische Überlegenheit waren es auch, die ihn hinderten, die Beschuldigung seiner Beziehungen zu Saro zurückzuweisen und die immer wieder einen merkbaren Abscheu gegen die Gebräuche und Gewohnheiten der Jungen durchblicken ließen. Vielleicht mehr durch seinen gedemütigten Zustand beeinflußt als aus bewußter Willenskraft, entschloß er sich daraufhin, den Jungen möglichst ähnlich zu werden. Er fing an, sich absichtlich seine abgetragensten, häßlichsten Sachen anzuziehen, zum großen Erstaunen der Mutter, die das nach seiner früheren Eitelkeit nicht verstehen konnte. Er hörte damit auf, von seinem Zuhause und seinem Reichtum zu erzählen; statt dessen tat er, als hätte er Gefallen an den Gesten und Handlungen der Jungen, die er doch verabscheute. Aber das Schlimmste stand ihm noch bevor und kostete ihn gewaltige Überwindungskraft. Eines Tages, als sie ihn wie gewöhnlich mit der Bootsfahrt gemeinsam mit Saro aufzogen, erklärte er, er sei es leid, die Wahrheit abzuleugnen; das, was sie behaupteten, sei wirklich vorgefallen, und es mache ihm gar nichts aus, ihnen das zu sagen. Saro war sichtlich getroffen durch diese Behauptung; doch vielleicht aus Furcht, sich bloßzustellen, hütete er sich, etwas dagegen zu sagen. Diese offene Bestätigung ihrer losen Reden rief großes Erstaunen hervor, denn die Jungen hatten bei seinem schüchternen, scheuen Wesen keine derartigen Mutproben erwartet. Aber gleich darauf hagelte es von allen Seiten indiskrete Fragen, wie es denn dabei zugegangen sei. Hier verließ ihn sein Mut wieder; mit hochrotem, verzerrtem Gesicht verstummte er plötzlich. Natürlich deuteten die Jungen dies Schweigen auf ihre Weise: als Schweigen aus Scham, und nicht, wie es der Wahrheit entsprach, als Unwissenheit und Unfähigkeit zu lügen. Schwerer als früher fiel die gewohnte Last des Hohnes und der Verachtung auf ihn zurück.

Aber im großen und ganzen hatte er sich, trotz dieses Fehlschlages, wirklich verändert. Ohne sich dessen bewußt zu werden, mehr durch den täglichen Umgang mit der Bande als aus freien Stücken, war er ihnen ähnlicher geworden; er hatte viele seiner früheren Interessen verloren, ohne dafür Neues einzutauschen. Mehr als einmal ertrug er die Bande einfach nicht mehr, und an Stelle des Vespucci-Bades suchte er die Gefährten und kindlichen Spiele wieder auf, mit denen er im Speranza-Bad den Sommer begonnen hatte. Aber wie farblos erschien ihm jetzt die Gemeinschaft mit den wohlerzogenen Knaben, die ihn hier erwartete, wie langweilig ihr eingedämmtes Nichtbeachten elterlicher Ermahnungen und der Überwachung der Gouvernanten, wie fade waren ihre Gespräche, die sich um Schule, Briefmarkensammlung, Abenteuerromane und ähnliches drehten. Das Zusammensein mit der Bande, ihre freien Reden, Unterhaltungen über Frauen, die Raubzüge in die Felder und die Tyrannei und gewalttätige Behandlung, deren Opfer er war, hatten ihn verwandelt und machten so die früheren Freundschaften unerträglich.

Zu diesem Zeitpunkt geschah etwas, das seine Überzeugung bestätigte. Eines Morgens kam er später als gewöhnlich zum Vespucci-Bad und traf weder Saro, der geschäftlich unterwegs war, noch einen der Jungen an. Trübsinnig setzte er sich auf ein Boot am Ufer. Während er den Strand entlang nach einem Bekannten spähte, sah er, wie sich ein Mann mit einem Kinde an der Hand näherte. Der Knabe mochte vielleicht zwei Jahre jünger sein als er selbst. Der Mann war klein, mit kurzen, dicken Beinen unter dem vorgestreckten Bauch und trug eine Brille auf der Stupsnase des runden Gesichtes; er schien Beamter oder Lehrer zu sein. Das magere blasse Kind steckte in einem viel zu großen Anzug und umklammerte mit beiden Armen einen großen, nagelneuen Lederball. Der Mann nahm den Sohn bei der Hand, näherte sich Agostino und betrachtete ihn lange unentschlossen. Endlich fragte er, ob es möglich sei, eine Bootsfahrt zu machen. «Selbstverständlich», antwortete Agostino, ohne zu zögern. Der Mann schätzte ihn über seine Brillengläser hinweg mißtrauisch ab und erkundigte sich daraufhin nach dem Stundenlohn einer Ruderpartie. Agostino kannte die Preise und gab willig Auskunft. Allmählich begriff er, der Mann halte ihn für den Gehilfen oder Sohn eines Fischers, und das belustigte ihn ungemein. «Dann fahren wir also los», bestimmte der Mann.

Ohne weiteres ergriff Agostino den Baumstamm, der als Gleitrolle diente, und schob ihn unter das Boot. Dann umfaßte er den rückwärtigen Teil des Bootes und stemmte sich mit einer durch die merkwürdigen Umstände ehrgeizig verdoppelten Kraftanstrengung dagegen und schob das Fahrzeug ins Wasser. Nachdem er Vater und Sohn beim Einsteigen geholfen hatte, sprang er selbst hinein und ergriff die Ruder.

Eine Zeitlang ruderte Agostino schweigend auf dem glatten, einsamen Meer dahin. Der Knabe drückte den Lederball an sich und musterte Agostino mit seinen blassen Augen. Der Mann hatte sich schwerfällig niedergelassen, den Bauch zwischen den emporgezogenen Knien, drehte den Kopf nach allen Seiten und schien die Fahrt zu genießen. Nach einer Weile fragte er Agostino, ob er Gehilfe oder der Sohn eines der Fischer sei. Agostino bezeichnete sich als Gehilfen. «Und wie alt bist du?» erkundigte sich der Mann.

«Dreizehn», antwortete Agostino.

«Siehst du», wandte sich der Mann an seinen Sohn, «dieser Junge ist ungefähr so alt wie du und arbeitet bereits.» Zu Agostino: «Gehst du auch zur Schule?»

«Ich würde schon gerne gehen, aber wie soll ich das machen?» antwortete Agostino in dem heuchlerischen Tonfall, den er so oft bei den Jungen der Bande bei solchen Fragen beobachtet hatte. «Man muß sich eben durchschlagen, Herr.»

«Siehst du», belehrte der Vater wieder seinen Sohn, «dieser Junge kann nicht zur Schule gehen, weil er verdienen muß und du bringst es fertig zu heulen, weil du etwas lernen sollst!»

«Wir sind eine große Familie», fuhr Agostino fort und ruderte kraftvoll, «deshalb müssen wir alle arbeiten.»

«Wieviel kannst du denn an einem Tag verdienen?» erkundigte sich der Mann.

«Das kommt darauf an», antwortete Agostino, «wenn viel Kundschaft kommt, manchmal bis zu zwanzig oder dreißig Lire.»

«Das Geld bringst du natürlich deinem Vater», unterbrach ihn der Mann.

«Selbstverständlich», erwiderte Agostino ohne zu zögern, «nur Trinkgelder behalte ich für mich.»

Diesmal stellte ihn der Mann nicht wieder als Beispiel dem Sohne hin, aber er nickte anerkennend. Der Knabe schwieg, umklammerte den Ball heftiger als zuvor und sah Agostino unverwandt aus seinen wässerigen Augen an. «Würdest du gerne so einen Lederball wie diesen haben?» fragte der Mann plötzlich Agostino.

Agostino besaß zwei von dieser Sorte; sie trieben sich irgendwo in seinem Zimmer zusammen mit anderem vernachlässigten Spielzeug herum. «Natürlich», sagte er, «würde ich mich darüber freuen... aber was bleibt einem übrig? Zuerst muß das Nötigste angeschafft werden.»

Der Mann wandte sich wieder an seinen Sohn und sagte, eigentlich mehr spaßhaft, als wirklich mit einer Absicht dahinter: «Los, Piero, schenke deinen Ball diesem Jungen, der gar keinen hat!»

Der Junge schaute erst den Vater, dann Agostino an und preßte den Ball mit eifersüchtiger Heftigkeit an sich, ohne ein Wort zu sagen.

«Was, du willst nicht?» fragte der Vater sanft. «Willst du wirklich nicht?»

«Der Ball gehört mir», maulte das Kind.

«Das stimmt. Aber wenn du willst, darfst du ihn verschenken», drang der Vater in ihn. «Dieser arme Junge hat noch niemals einen besessen. Willst du ihn wirklich nicht hergeben?»

«Nein», weigerte sich der Junge entschieden.

«Lassen Sie nur», mischte Agostino sich hier mit einem salbungsvollen Lächeln ein, «ich mache mir nichts draus, ich hätte ja doch keine Zeit zum Spielen. Er dagegen...»

Der Vater lächelte befriedigt über diese Worte, die eine lebendige moralische Lehre für seinen Sohn enthielten. «Dieser Junge ist viel tüchtiger als du», fügte er hinzu und liebkoste sein Kind, «er ist so arm und dabei will er doch deinen Ball nicht haben, sondern läßt ihn dir. Jedesmal, wenn du wieder bockst oder heulst, solltest du daran denken, wieviel Kinder es auf der Welt gibt, die arbeiten müssen und nie einen Ball oder ein anderes Spielzeug besessen haben.»

«Der Ball gehört mir», wiederholte der Junge starrköpfig.

«Ja, ja, schon gut», seufzte der Vater zerstreut. Er sah auf die Uhr und sagte mit veränderter, befehlender Stimme: «Los, Bursche, wir kehren jetzt um!» Schweigend ruderte Agostino zum Ufer zurück. Als sie in die Nähe des Strandes kamen, sah er Saro im Wasser stehen und aufmerksam die Landung beobachten. Er fürchtete, der Bademeister würde ihn beschämen durch eine Bemerkung über seine Verstellung. Aber Saro öffnete den Mund nicht; vielleicht hatte er die Sachlage begriffen, oder er hielt es für unwichtig. Schweigend und ernst half er Agostino, die Barke aufs Trockene zu ziehen.

«Das ist für dich», sagte der Mann und gab Agostino die ausbedungene Summe nebst ein paar Groschen darüber.

Agostino nahm das Geld und brachte es zu Saro. «Aber das behalte ich für mich ... das ist das Trinkgeld», fügte er vergnügt und frech hinzu.

Saro sagte nichts, lächelte ein wenig und steckte das Geld in die schwarze Bauchbinde; dann überquerte er langsam den Strand zur Baracke hinüber.

Dieser kleine Zwischenfall gab Agostino die Bestätigung, nicht mehr jener Welt anzugehören, in der sich Jungen vom Schlage des Knaben mit dem Ball befanden. Er meinte außerdem, er sei schon so verdorben, daß er nicht mehr ohne Heuchelei und Verdruß leben könne. Dennoch war ihm seine Verschiedenheit von den übrigen Jungen der Bande immer noch schmerzlich bewußt. Zuviel Zartgefühl blieb in ihm; wenn er sich ihnen wirklich angeglichen hätte, dachte er manchmal, dann würde er nicht so unter ihrer Roheit, ihrer Ausgelassenheit und ihrem Stumpfsinn leiden. Er war aus seinem kindlichen Zustand gerissen worden, ohne einen neuen Halt für sein Leben gefunden zu haben.

Eines Tages, im Spätsommer, traf sich Agostino mit der Bande in der Pineta, um Vögel zu jagen und Pilze zu sammeln. Diese Art der Beschäftigung zog Agostino allen anderen Unternehmungen der Gefährten vor. Sie traten in die Pineta ein und liefen längs der Pfade auf dem weichen Boden zwischen den roten Stämmen dahin. Immer wieder blickten sie nach oben, um zu sehen, ob sich dort inmitten der höchsten Zweige etwas zwischen den Nadeln bewege. Dann spannten Berto, Tortima oder Sandro — der geschickteste unter ihnen — das Gummiband ihrer Schleudern und zielten mit spitzen Steinen auf den Punkt, wo sie eine Bewegung vermuteten. Manchmal fiel daraufhin ein Sperling mit zerschmettertem Flügel zu Boden, hüpfte und taumelte flatternd und jämmerlich piepsend herum, bis einer der Jungen ihn aufgriff und seinen Kopf zwischen zwei Fingern zerquetschte. Häufiger jedoch verlief die Jagd ergebnislos und die Jungen erschöpften sich in langen Streifzügen durch die weite Pineta; mit emporgewandten Köpfen drangen sie immer tiefer ein, bis dorthin, wo sich das Dickicht zwischen die Pinienstämme schob und wirres, dorniges Gebüsch die offenen Flächen und Sandbänke ablöste. Hier begann die Pilzsuche. Es hatte einige Tage lang geregnet und das Dickicht war noch getränkt von Feuchtigkeit mit schillernden Blättern und tropfnassem Boden. In den dichtesten Büschen leuchteten die gelben Pilze, naß und schleimig glänzend, manchmal standen sie allein, manchmal als große Familie. Vorsichtig griffen die Jungen zwischen die Sträucher, schoben zwei Finger unter den Hut und trachteten danach, den mit Erde und Moos behafteten Stengel herauszulösen. Dann reihten sie einen Pilz neben den anderen auf lange, spitze Ginsterzweige. So brachten sie allmählich von Gestrüpp zu Gestrüpp wandernd ein paar Kilo zusammen, die von Tortima, dem stärksten, als Mittagsmahl beschlagnahmt wurden. An diesem Tag war die Suche erfolgreich gewesen. Nach vielen Irrwegen hatten die Jungen ein unberührtes Dickicht gefunden, wo die Pilze, einer an den anderen gepreßt, wie ein Teppich auf moosigem Boden standen. Gegen Sonnenuntergang war das Gestrüpp noch nicht einmal zur Hälfte durchforscht, aber es wurde allmählich spät, und so machten sich die Jungen, beladen mit Pilzen und einigen Vögeln, auf den Heimweg.

Gewöhnlich kehrten sie auf einem Pfad zurück, der am Wasser entlang führte, aber diesmal folgten sie einem lockenden Sperling, der immer auf den niedrigsten Zweigen der Pinien umherflatterte, und dauernd den Eindruck erweckte, man könnte ihn ganz leicht herunterholen. So durchquerten sie die

Pineta in ihrer ganzen Länge, die am östlichen Ende bis an die Häuser der Stadt reichte. Es dunkelte schon, als sie aus den letzten Pinien auf den Platz des Vorstadtviertels hinaustraten. Die große, kahle Fläche war nicht gepflastert, steinige Pfade führten kreuz und quer darüber hin zwischen Abfallhaufen und dornigem Gestrüpp. Bürgersteige waren gar nicht vorhanden, nur einige kümmerliche Oleander begrenzten das Rund; die staubigen Gärten der vereinzelt stehenden Villen wechselten mit großen, leeren, von Drahtgittern umzäunten Flächen. Die Häuser wirkten verschwindend klein im Vergleich zu der ungeheuren Weite des Platzes, dessen Verlassenheit und Elend durch das gleißende Licht des ausgedehnten Himmelsraumes noch spürbarer wurde.

Die Jungen liefen quer über den Platz, zwei und zwei wie Klosterbrüder. Agostino und Tortima beschlossen die Reihe. Agostino hatte sich zwei lange Ketten aufgefädelter Pilze umgehängt, während Tortima ein paar Spatzen mit baumelnden Hälsen in seinen großen Händen hielt.

Als sie das Ende des Platzes erreichten, gab Tortima Agostino einen Rippenstoß und deutete ausgelassen auf eines der Häuser: «Hast du das gesehen? Weißt du, was das ist?»

Agostino schaute hinüber. Das Haus unterschied sich kaum von den übrigen Villen, es war nur ein wenig größer, dreistöckig mit schiefergedecktem

Giebeldach. Weiße, geschlossene Jalousien unterbrachen das eintönige, verrußte Grau der Fassade; der Bau verschwand beinahe unter den Bäumen des dichten Gartens. Das Anwesen schien nicht groß zu sein, die Einfriedigung war mit Efeu übersponnen und durch das Gitter sah man einen kurzen Pfad, der zwischen Sträuchern zu einer geschlossenen Tür führte. «Aber da wohnt doch gar niemand», sagte Agostino kopfschüttelnd.

«So, so, niemand», grinste der andere, und dann erklärte er Agostino in wenigen Worten, wer dort lebe. Schon öfters hatte Agostino zugehört, wie sich die Jungen über jene Häuser unterhielten, die nur von Frauen bewohnt werden, tagsüber geschlossen bleiben und sich erst zur Nachtzeit demjenigen öffnen, der sich hier für Geld aufhalten will. Aber jetzt sah er zum erstenmal eine solche Behausung. Tortimas Worte erweckten in ihm wieder jenes Staunen vor einer fremden Welt, das ihn bei seiner ersten Berührung mit ihr erfüllt hatte. Wie damals erschien ihm die Möglichkeit einer derartigen Gemeinschaft unfaßlich, einer Gemeinschaft, deren Aufgabe darin bestand, einfach die gleichgültige Spenderin jener Liebe zu sein, welche ihm so schwierig und verworren vorkam. Verständnislos suchte er mit den Augen das Gebäude ab, als könnte er von den Wänden etwas von jenem unglaublichen Leben ablesen, das sie bargen. Im Vergleich zu den in seiner Einbildungskraft vorhandenen, von weiblicher Nacktheit erfüllten prächtigen Räumen erschien ihm die Villa besonders verkommen und düster.

«Ach so», versuchte er Gleichgültigkeit zu heucheln, während sein Herz immer stärker klopfte.

«Das ist das teuerste in der Stadt», sagte Tortima und fügte Einzelheiten hinzu über Preise, Anzahl der Frauen, über die Personen, die hier verkehrten und die erlaubte Dauer des Aufenthaltes. Agostino war eigentlich nicht erfreut über diese Bemerkungen, welche ihm eine dürftige Klarheit vermittelten an Stelle jener verschwommenen Phantasien, die er sich bis dahin über diese verbotenen Orte zusammengereimt hatte. Trotzdem versuchte er in möglichst gleichgültigem Ton den Gefährten auszufragen. Denn nun, nach der ersten Überraschung und Verwirrung, war er auf eine Idee gekommen, die ihn immer stärker beschäftigte. Tortima war gut unterrichtet und gab bereitwillig Auskunft. Plaudernd erreichten sie die Strandpromenade. Hier löste sich die Gruppe auf, da es inzwischen Nacht geworden war. Agostino lieferte Tortima seine Pilze ab und ging nach Hause.

Sein neuer Plan war ganz klar und einfach, wie verworren auch die Quellen sein mochten, aus denen er entsprungen war. Noch am selben Abend mußte er in jenes Haus gehen und eine der Frauen kennenlernen. Es gab kein Wünschen oder Liebäugeln mehr mit dem Gedanken, sondern das war plötzlich ein fester, beinahe verzweifelter Entschluß geworden. Er glaubte nur auf diese Weise sich endlich von den quälenden Vorstellungen befreien zu können, unter denen er in diesen Wochen so gelitten hatte. Das wirkliche Erlebnis mit einer jener Frauen, so dachte er sich, würde für immer die Verhöhnungen der Jungen zerstören und zur gleichen Zeit endgültig das dünne Band irregeleiteter, trüber Sinnlichkeit zerreißen, das ihn jetzt mit seiner Mutter verknüpfte. Obwohl er es sich nicht eingestand, erschien ihm eine endgültige Lösung von der mütterlichen Liebe als eiligstes und erstrebenswertestes Ziel. Eine einfache, aber in ihrer Art bedeutsame Begebenheit am gleichen Tag hatte ihn von dieser Notwendigkeit überzeugt.

Bis jetzt hatten die Mutter und er immer in verschiedenen Zimmern geschlafen, aber an diesem Abend sollte eine Freundin der Mutter von auswärts eintreffen, um mehrere Wochen mit ihnen gemeinsam zu verleben. Wegen der Beschränktheit des Platzes im Haus entschloß man sich, dem Gast Agostinos Zimmer zu überlassen, während für den Knaben ein Feldbett bei der Mutter aufgeschlagen werden sollte. Am Morgen wurde trotz Agostinos Mißvergnügen und Widerspruch sein Lager neben dem mütterlichen bereitet; auch seine Kleider und Bücher brachte man herüber.

Agostino empfand einen unbesiegbaren Widerwillen dagegen, sein schwieriges Verhältnis zur Mutter durch das gemeinsame Schlafzimmer noch gesteigert zu sehen. All das, was er jetzt kaum vermutete, würde durch die neue, größere Intimität plötzlich ohne die Möglichkeit einer Abhilfe vor ihm enthüllt werden. Deshalb mußte er als Gegengift möglichst rasch das Bild einer anderen Frau zwischen sich und die Mutter schieben, an das er sich dann wenigstens in Gedanken halten könnte. Dieses Bild würde ihm als Schirm gegen die mütterliche Nacktheit dienen und ihm zugleich die ursprüngliche Vorstellung von der Mutter – gelöst von jeder Weiblichkeit – zurückgeben. All dies sollte ihm eine der Frauen jenes Hauses vermitteln. Wie er überhaupt in das Haus hineinkommen könnte, wie er es anstellen würde, eine Frau auszuwählen und sich mit ihr abzusondern, darüber machte Agostino sich vorläufig noch gar keine Gedanken. Selbst wenn er es wollte, hätte er sich davon keine Vorstellung machen können. Denn trotz Tortimas Belehrungen lagen für ihn die Villa, ihre Bewohner und die Dinge, die dort geschahen, immer noch wie in einem dichten Nebel; so als ob es sich nicht um faßbare Wirklichkeit handle, sondern um eine gewagte Behauptung, die sich im letzten Augenblick als falsch erweisen konnte. Deshalb war der Erfolg des Unternehmens von einem logischen Gedankengang abhängig: gab es ein solches Haus, dann waren auch die Frauen dort, und wenn die Frauen vorhanden waren, würde man sich auch einer nähern können. Aber es war eben nicht sicher, ob das Haus und seine Bewohner wirklich existierten und wieweit sie der Vorstellung glichen, die er sich davon gemacht hatte; nicht weil er Tortima keinen Glauben schenkte, sondern weil ihm einfach jede Vergleichsmöglichkeit fehlte. Niemals hatte er etwas getan oder gesehen, was sich auch nur im entferntesten und unvollkommensten mit dem vergleichen konnte, was er nun unternehmen wollte. Wie ein armer Wilder, dem man von Europas Palästen erzählt und der sie sich doch nicht anders denken kann als ein wenig größere Hütten, so vermochte Agostino sich jene Frauen und ihre Liebkosungen nicht viel anders auszumalen als diejenigen seiner Mutter; alles übrige waren unklare Vermutungen und Bestrebungen.

Gerade seine Unerfahrenheit ließ ihn am meisten über praktische Einzelheiten seines Planes grübeln, so als ob deren befriedigende Lösung auch die problematische Unwirklichkeit der ganzen Angelegenheit in erfaßbares Wissen verwandeln müßte. Besonders die Frage der Bezahlung quälte ihn. Tortima hatte ihm genau erklärt, wieviel er an wen zu zahlen hätte, trotzdem hatte er ihn nicht überzeugen können. Was für Beziehungen bestanden zwischen dem Geld — welches im alltäglichen Leben dazu diente, fest bestimmte Gegenstände von nachprüfbarer Qualität zu erwerben — und den Liebkosungen, der Blöße weiblichen Fleisches? Gab es auch hierfür einen genau festgelegten Preis, der nicht nach den Häusern wechselte? Der Gedanke,

Geld zu bezahlen für jene schamhafte, verbotene Süßigkeit erschien ihm fremdartig und grausam; als eine Beleidigung, die vielleicht denjenigen befriedigte, der sie verursachte, aber für die Empfangende schmerzlich sein mußte. War es wirklich wahr, daß man das Geld der Frau direkt geben mußte, wer auch immer dabei sein mochte? Er bildete sich ein, er würde sich in jenem Augenblick verstecken müssen, um ihr die Illusion einer uneigennützigen Bindung zu lassen. Und war die von Tortima genannte Summe nicht zu geringfügig? Für ihn konnte es kaum genug Geld geben, dachte er, um eine Erfahrung damit zu bezahlen, die einen Abschnitt seines Lebens beschließen und ein neues Dasein enthüllen sollte.

Von Zweifeln geplagt, entschloß er sich endlich dazu, Tortimas Angaben genau zu befolgen, mochten sie auch unzuverlässig sein, denn sie bildeten den einzigen Boden, auf dem er seinen Plan aufbauen konnte. Er glaubte, der genannte Eintrittspreis würde die seit langem in seiner Sparbüchse gesammelte Summe nicht übersteigen. So plante er, das Geld herauszunehmen und zu warten, bis die Mutter ihre Freundin am Bahnhof abholen würde. Dann wollte er schnell aus dem Haus laufen, um Tortima zu suchen und sich gemeinsam mit ihm zu jenem Haus zu begeben. Seine Spargroschen sollten nicht nur für ihn, sondern auch für den Gefährten reichen, dessen Armut er kannte und der außerdem wenig geneigt sein würde, ihm ohne Gegenleistung beizustehen. So weit reichte sein Plan, und wie unausführbar und weit entfernt er ihm auch erscheinen mochte, so machte er sich jetzt mit derselben Verbissenheit daran, ihn auszuführen, als ob es sich wieder um eine Bootsfahrt oder einen Streifzug in die Pineta handle.

Ängstlich erregt, doch zum erstenmal befreit aus dem Nebel der Unentschlossenheit, lief er durch die Stadt atemlos nach Hause. Das Haustor war geschlossen, aber durch die geöffneten Terrassentüren des Wohnzimmers zu ebener Erde drang Klaviermusik nach draußen. Er trat ein. Die Mutter beugte sich über die Tasten. Zwei schwache Birnen erhellten ihr Gesicht und ließen den größten Teil des Raumes im Halbdunkel. Sie saß auf einem Sessel ohne Lehne und neben ihr, auf einem zweiten Hokker, befand sich der Fremde aus dem Boot. Agostino sah ihn zum erstenmal im Hause, und eine Vorahnung ließ seinen Atem stocken. Die Mutter schien irgendwie die Gegenwart des Sohnes zu spüren; sie wandte sich mit einer langsamen Bewegung voll unbewußter Koketterie um; einer Koketterie, die sich mehr auf den Fremden als auf ihn beziehen mußte. Bei seinem Anblick brach sie ihr Spiel ab und rief ihn zu sich: «Agostino! Wo bist du denn so lange geblieben? Komm hierher!» Er näherte sich langsam, widerwillig und verlegen. Die Mutter zog ihn zu sich heran und umfaßte seine Schultern. Agostino bemerkte einen ungewohnten, jugendlichen Glanz in den strahlenden Augen der Frau. Um ihren Mund schien noch ein unsicheres Lächeln zu spielen, das die feuchtschimmernden Zähne entblößte. Auch in der Bewegung, mit der sie ihn an sich preßte, glaubte er eine stürmische Kraft zu spüren, eine zitternde Freude, die ihn erschreckte, denn die Empfindungen der Mutter hatten deutlich gar nichts mit ihm zu tun. Ihre Erregung erinnerte ihn lebhaft an seinen eigenen Zustand, als er vor kurzem durch die Straßen gerannt war und sich in Gedanken bereits mit Tortima in jenem Haus befunden hatte, um eine Frau zu besitzen.

«Wo bist du denn gewesen?» wiederholte die Mutter mit weicher Stimme. «Wo hast du dich denn aufgehalten, du Schlingel!» Agostino sagte gar nichts, die Mutter schien so wenig eine Antwort zu erwarten wie bei ihren gelegentlichen Unterhaltungen mit der Hauskatze. Der Fremde saß vornübergebeugt, die Ellbogen auf den Knien; er hielt eine Zigarette lose zwischen den Fingern und betrachtete ihn lächelnd. «Sag doch, wo bist du gewesen, du alter Vagabund?» wiederholte die Mutter noch einmal. Dabei fuhr sie ihm mit ihrer heißen Hand zärtlich durch die Haare und brachte sie ihm wieder in Ordnung. «Er ist doch wirklich ein netter Kerl, nicht?» wandte sie sich stolz an den Fremden.

«Ebenso schön wie die Mutter», antwortete der junge Mann, und sie lachte übertrieben über diese primitive Schmeichelei. Verwirrt und schamerfüllt wollte Agostino sich zurückziehen.

«Geh und wasch dich», sagte die Mutter, «aber beeile dich, denn es wird gleich gegessen.» Agostino grüßte den Fremden und lief hinaus. Sofort wurde das Spiel wieder aufgenommen – genau an der Stelle, wo es durch seinen Eintritt unterbrochen worden war.

Draußen im Gang zögerte er und lauschte den Tönen. Im Korridor war es dunkel und schwül, am Ende konnte man durch die offene Tür in die erleuchtete Küche blicken, wo die weißgekleidete Köchin sich geschäftig zwischen Herd und Tisch bewegte. Das Spiel der Mutter, so schien es Agostino, war in seinem vibrierenden Leben wie ein musikalisches Echo auf den Ausdruck ihrer Augen, mit dem sie ihn an sich gezogen hatte. Vielleicht lag es nur an der Musik; aber jedenfalls steigerte die Mutter noch die mitschwingende, zitternde Lebendigkeit durch die Art ihres Spielens. Die Töne widerhallten durch das ganze Haus, und Agostino überraschte sich bei dem Gedanken, auf der Straße könnten die Vorübergehenden stehen bleiben, um in kleinen Gruppen zu lauschen und sich über die Schamlosigkeit zu wundern, die aus jedem der Töne sprechen mußte.

Mit einemmal, mitten in einem Akkord, wurde das Spiel unterbrochen. Die Leidenschaft, die in dieser Musik war, hatte plötzlich einen angemesseneren Ausweg gefunden, dessen war sich Agostino gewiß. Er tat zwei Schritte vorwärts und verharrte auf der Schwelle des Wohnzimmers.

Was er sah, verwunderte ihn nicht. Der Fremde hatte sich erhoben und küßte den Mund der Frau. Sie saß zurückgelehnt auf dem niedrigen Schemel, dessen Kleinheit die Fülle ihres Körpers gar nicht fassen konnte, eine Hand verweilte noch auf den Tasten, während sich die andere um den Nacken des Mannes legte. Im spärlichen Licht sah man, wie ihr Körper nach rückwärts strebte; ihre Brust hob und senkte sich in hastigen Atemzügen, ein Bein war zurückgebogen, während das andere noch das Pedal berührte. Im Gegensatz zu dieser wilden Hingabe schien der junge Mann seine übliche Unbefangenheit und Haltung zu bewahren. Aufrecht stehend umfing er mit einem Arm den Nacken der Frau, aber wohl eher, um sie vor einem Fall nach rückwärts zu beschützen als aus Leidenschaft. Der andere Arm hing herab und die Finger hielten die Zigarette. Er stand mit gespreizten Beinen da; der Umriß der ganzen Gestalt drückte zugleich Anmaßung und Selbstbewußtheit aus.

Der Kuß dauerte lange. Es schien Agostino, als suche die Mutter jedesmal, wenn der Fremde unterbrechen wollte, seinen Mund mit erneuter Begierde. Sie hungerte nach diesem Kuß, wie jemand, der zu lange gefastet hat. Plötzlich tönten bei einer unwillkürlichen Handbewegung ein, zwei, drei zarte Noten durch den Raum. Sofort lösten sich die beiden voneinander. Agostino trat herein und sagte leise: «Mama.»

Der junge Mann fuhr herum, steckte beide Hände in seine Taschen und stellte sich dann an die Gartentüre, scheinbar ganz versunken in den Anblick der Straße. «Agostino», flüsterte die Mutter.

Agostino näherte sich. Die Mutter atmete so heftig, daß sich die Bewegungen der Brust deutlich unter der Seide des Gewandes abzeichneten. Stärker als vorhin brannten ihre Augen, der Mund war halbgeöffnet und die Haare durcheinander gewühlt; eine Locke hatte sich gelöst und ringelte sich über die gerötete Wange. «Was willst du, Agostino?» wiederholte die Mutter mit tiefer, brüchiger Stimme und versuchte dabei, ihre Haare zu ordnen.

Agostinos Herz wurde plötzlich schwer unter einer Mischung von Mitleid und Widerwillen. ‹Nimm dich doch zusammen!› hätte er am liebsten seine Mutter angeschrien. ‹Beruhige dich, atme nicht so heftig! Dann rede erst... aber sprich nicht mit dieser fremden Stimme.› Statt dessen, hastig, das Kindliche und Eilfertige in seiner Stimme absichtlich übertreibend, fragte er: «Mama, darf ich mein Sparschweinchen zerbrechen – ich möchte mir gerne ein Buch kaufen.»

«Ja, Liebling», antwortete sie und streckte die Hand aus, um seinen Kopf zu streicheln. Bei dieser Berührung konnte Agostino sich nicht beherrschen und machte unwillkürlich einen kleinen, unmerklichen Satz nach rückwärts, der ihm zu heftig und auffällig vorkam. «Dann zerbreche ich es also», wiederholte er und ging mit leichten Schritten, ohne eine Antwort abzuwarten, hinaus.

Im Laufschritt ging er die knarrrenden Stufen hinauf und in sein Zimmer. Die Sparbüchse war nur ein Vorwand gewesen, weil er plötzlich unvermutet vor der Mutter gestanden hatte und nichts Besseres zu sagen wußte. Das Terrakotta-Schweinchen stand auf dem Tisch in der Mitte des dunklen Zimmers. Laternenschein fiel durch das geöffnete Fenster darauf und beleuchtete den rosigen Bauch mit dem großen, schwarzen Schlitz. Agostino drehte das Licht an, ergriff das Schweinchen und warf es in einem Anfall hysterischer Heftigkeit auf den Steinboden. Die Hülle zerbrach, und aus dem weiten Riß rollte ein Haufen von Münzen verschiedener Größe hervor. Auch einige kleine Scheine waren darunter. Auf den Boden gekauert zählte Agostino in Eile das Geld. Seine Finger zitterten, und selbst beim Zählen sah er – wie vermischt mit dem auf dem Fußboden verstreuten Geld – die zwei im Wohnzimmer wieder vor sich, die Mutter rückwärts gelehnt auf dem Hocker, den Fremden über sie gebeugt. Immer wieder mußte er von neuem beginnen zu zählen in der Verwirrung, die dieses Bild in seinem Innern anrichtete. Als das Zählen beendet war, entdeckte er, daß die Zahl nicht die benötigte Summe erreichte.

Er fragte sich verzweifelt, was er noch tun könne. Einen Augenblick lang dachte er daran, das fehlende Geld seiner Mutter zu entwenden; nichts einfacher als das, da er wußte, wo sie ihr Geld aufzubewahren pflegte. Aber die Idee gefiel ihm nicht, und er entschied sich endlich dazu, sie einfach darum zu bitten. Aber unter welchem Vorwand? Plötzlich fand er einen Grund. In diesem Augenblick ertönte der Gong zum Abendessen; eilig stopfte er seinen Schatz in eine Schublade und ging ins Erdgeschoß hinab.

Die Mutter saß bereits am Tisch. Das Fenster war weit geöffnet und große, braune Schmetterlinge flatterten vom Hof herein und zerschlugen ihre Flügel an der weißen Glocke der Lampe. Der Fremde war fortgegangen; die Mutter hatte ihre gewohnte, heitere Würde zurückgewonnen. Agostino betrachtete sie, und wieder – wie am ersten Tag, als sie allein mit dem jungen Mann aufs Meer hinausgefahren war – wunderte er sich darüber, keine Spur des Kusses auf ihrem Mund zu finden, der ihr noch vor kurzem die Lippen geöffnet hatte. Er hätte sein Gefühl bei diesen Gedankengängen nicht zu erklären vermocht: Mitleid mit der Mutter, für die jener Kuß eine so kostbare, umwälzende Bedeutung gehabt hatte; zu gleicher Zeit ein starker Abscheu, nicht so sehr vor dem, was er gesehen hatte, als vielmehr vor der Erinnerung, die haftengeblieben war. Er hätte dieses Bild gerne ausgelöscht und vergessen. War es möglich, daß allein durch die Augen eine derartige Verwirrung und Wandlung eindringen konnte? Er ahnte, daß dieses Bild für immer seinem Gedächtnis eingeprägt bleiben würde.

Als sie gegessen hatten, erhob sich die Mutter und ging in das obere Stockwerk. Agostino hielt nun den geeigneten Moment für gekommen, ihr das Geld abzubetteln. Deshalb folgte er und betrat hinter ihr das Zimmer. Die Mutter setzte sich vor den Toilettentisch und studierte schweigend ihre Züge.

«Mama», sagte Agostino.

«Was willst du?» fragte die Mutter zerstreut.

«Ich brauche zwanzig Lire.» Soviel fehlten noch an der gewünschten Summe.

«Warum denn?»

«Um mir das Buch zu kaufen.»

«Aber ich dachte, du wolltest die Sparbüchse zerbrechen», sagte die Mutter und fuhr vorsichtig mit der Puderquaste über die Wangen. Absichtlich antwortete Agostino kindlich-schmollend: «Ja, schon, aber wenn ich sie kaputt mache, dann besitze ich keinen Groschen mehr ... Ich möchte so gerne das Buch kaufen, ohne das Sparschweinchen zu zerstören.»

Die Mutter lachte zärtlich. «Du bist doch noch ein großes Kind.» Sie betrachtete sich noch einmal prüfend im Spiegel, dann fügte sie hinzu: «In der Tasche, dort auf dem Bett, da muß mein Portemonnaie drin sein. Nimm dir halt zwanzig Lire heraus und stecke den Geldbeutel wieder zurück.»

Agostino holte das Geld heraus und schloß die Tasche wieder. Er krampfte die Scheine in seine Faust und warf sich auf sein Feldbett.

Die Mutter hätte ihr Vorbereitungen beendet, erhob sich und kam zu ihm herüber. «Was willst du denn jetzt tun?»

«Ach, ich lese ein bißchen», sagte Agostino und nahm wahllos eine Abenteurergeschichte aus dem Bücherregal.

«Gut, aber vergiß nicht, das Licht auszudrehen, ehe du einschläfst.» Die Mutter legte noch einige Dinge im Zimmer zurecht. Agostino beobachtete sie dabei und empfand undeutlich, sie sei noch nie so schön gewesen wie heute. Die glänzende Seide des weißen Gewandes verlieh der warmen, braunen Tönung der Haut einen besonderen Reiz; durch ein unbewußtes Wiedergewinnen ihrer früheren Art schien sie in diesem Augenblick all die heitere Würde ihrer Haltung von neuem gefunden zu haben, aber darüber hinaus umgab sie eine tiefe, sinnlichglückliche Ruhe. Sie war immer eine Persönlichkeit gewesen, aber Agostino hatte sie noch nie so majestätisch wie an diesem Abend gesehen, sie schien das ganze Zimmer mit ihrer Gegenwart auszufüllen. Als weißer Umriß im dämmernden Raum ging sie langsam umher mit hocherhobenem Kopf, und löschte eine Lampe nach der anderen bis auf die bei Agostino. Dann beugte sie sich über den Sohn, um ihm den Gutenacht-Kuß zu geben. Noch einmal fühlte Agostino sich umgeben von dem Duft ihrer Nähe, den er so gut kannte, und während er ihre Wange mit den Lippen streifte, fragte er sich unwillkürlich, ob die Frauen dort in jenem Haus wohl auch so schön und wohlriechend seien.

Allein geblieben, wartete Agostino ein paar Minuten, bis sich die Mutter entfernt hatte. Dann sprang er auf, löschte das Licht und ging auf Zehenspitzen in das anstoßende Zimmer. Tastend suchte er den Tisch am Fenster, öffnete die Schublade und leerte das Geld in seine Taschen. Noch einmal fuhr er mit den Fingerspitzen prüfend darin herum, ob er auch nichts übersehen hätte, dann schlich er sich leise hinaus.

Kaum war er auf der Straße, fing er an zu laufen. Tortima wohnte am anderen Ende der Stadt, dort, wo die Fischer und Kalfaterer lebten, und obwohl das Städtchen nicht groß war, mußte er doch eine beträchtliche Entfernung zurücklegen. Er wählte dunkle Straßen dicht neben der Pineta, bald rennend, bald schnell ausschreitend, bis er zwischen den Häusern das Mastwerk der ankernden Segelboote erspähte. Tortimas Heim stand am Binnenhafen, jenseits der fahrbaren Eisenbrücke, die Kanal und Hafen trennte. Bei Tag war dies eine trostlose, verkommene Gegend mit der ärmlichen Reihe von Hütten und Läden an den verlassenen, in der Sonne glühenden Landungsstegen; die Luft war erfüllt vom stechenden Geruch erhitzten Teers und fauliger Fische; unbewegte Kräne und verlöcherte Fähren vervollständigten dies Bild der Armut. Aber nun, zur Nachtzeit, war alles verändert. Das Viertel unterschied sich in nichts von anderen Gegenden der Stadt. Nur ein großer Schnellsegler, dessen Takelei die Bürgersteige noch mit seinem Mastwerk überschattete, erinnerte an die Gegenwart des Hafengewässers, das tief zwischen die Häuser einschnitt. Es war ein langes, braunes Segelschiff. Weit droben sah man zwischen den Tauen die Sterne durchblitzen; das Schiff schwankte in der Flut des Kanals. Agostino überquerte die Brücke und lenkte seine Schritte zu der Häuserreihe am gegenüberliegenden Ufer. Spärliche Laternen beleuchteten unregelmäßig die schmutzigen Fassaden. Agostino blieb unter einem geöffneten Fenster stehen, aus dem ein Geräusch von Stimmen und klapperndem Geschirr drang. Hier steckte er zwei Finger in den Mund und pfiff einmal gellend, darauf zweimal leiser – ein gebräuchliches Signal zwischen den Jungen der Bande. Sofort trat jemand ans Fenster. «Ich bin's, Pisa», sagte Agostino schüchtern und leise.

«Ich komme», antwortete Tortima.

Tortima kam mit einem von Wein geröteten Gesicht die Stufen herunter und kaute noch mit vollen Backen.

«Ich bin bereit, mit dir zu jener Villa zu gehen», sagte Agostino, «das Geld für uns beide habe ich auch dabei.»

Tortima schluckte heftig und schaute ihn verständnislos an.

«Jenes Haus am Platz», wiederholte Agostino, «wo die Frauen sind.»

«Ach so», endlich verstand Tortima, «du hast dir's überlegt, bravo, Pisa, warte einen Augenblick, ich komme gleich mit.» Damit rannte er hinauf, und Agostino wartete auf der Straße. Langsam ging er hin und her und wandte dabei die Augen nicht von Tortimas Fenster. Dieser brauchte eine ganze Weile, und als er endlich wieder erschien, hätte Agostino ihn beinahe nicht wiedererkannt. Er hatte ihn immer nur als Jungen mit hochgekrempelten Hosenbeinen oder halbnackt am Strand und im Wasser erlebt. Jetzt stand eine Art jugendlicher Arbeiter vor ihm, im schwarzen Feiertagsanzug mit langen Hosen, Weste, Kragen und Krawatte. Er wirkte viel älter, wohl auch durch die mit Pomade geglätteten, straff gekämmten Haare, die für gewöhnlich zerrauft waren. In seinen schmucken, bürgerlichen Kleidern zeigte er sich zum erstenmal vor Agostinos Augen in einem etwas albernen, städtischen Anstrich.

«Nun los», damit machte sich Tortima auf den Weg.

«Aber ist es denn schon Zeit?» erkundigte sich Agostino ängstlich.

«Dort kommst du immer zurecht», erwiderte Tortima lachend.

Sie benützten andere Wege als diejenigen, auf

denen Agostino gekommen war. Es war nicht weit, kaum zwei Straßen, bis zu dem großen Platz.

«Bist du denn schon einmal dort gewesen?» wollte Agostino wissen.

«In dem dort nicht.»

Tortima schien keine Eile zu haben, er ging in seinem gewohnten Tempo. «Jetzt sind sie gerade erst mit dem Essen fertig und es wird noch niemand da sein», erklärte er, «das ist günstig für uns.»

«Wieso?» fragte Agostino.

«Oh, du Schafskopf! Weil wir uns dann in aller Ruhe eine aussuchen können.»

«Aber wie viele sind denn dort?»

«Ach, so vier oder fünf.» Agostino hätte gerne gefragt, ob sie schön seien, aber er scheute davor zurück. «Aber wie muß man es jetzt denn machen?» drängte er noch einmal. Tortima hatte es ihm zwar schon genau erklärt, aber mit jenem unbesiegbaren Gefühl der Unwirklichkeit in sich wollte er es immer wieder bestätigt hören.

«Wie man es anstellt?» prahlte Tortima. «Das ist kinderleicht: man geht hinein, dann kommen die Mädchen, man sagt guten Abend, macht ein wenig Konversation, um sie dabei besser betrachten zu können, und dann wählt man sich eine aus. Es ist wohl das erste Mal, was?»

«Aber nein ...» begann Agostino verschämt.

«Hör bloß auf», sagte Tortima roh, «mir irgendwelche Märchen zu erzählen, die kannst du den anderen vorsetzen, aber mir nicht! Du brauchst dich aber nicht zu fürchten», fügte er mit einer eigenen Betonung hinzu.

«Was willst du damit sagen?»

«Ich sage, du brauchst keine Angst zu haben – das Mädchen zeigt dir schon alles. Laß sie ruhig machen.»

Agostino sagte nichts mehr. Das von Tortima entworfene Bild der Frau, die ihn in die Liebeskünste einführen würde, gefiel ihm und schien ihm sanft und mütterlich. Trotzdem blieb noch ein Rest von Ungläubigkeit in ihm zurück. «Aber – werden sie mich auch so haben wollen?» Dabei blickte er unglücklich auf seine nackten Beine in den kurzen Hosen.

Seine Frage brachte Tortima für kurze Zeit außer Fassung. «Jetzt gehen wir erst einmal hin», sagte er darauf mit falscher Ungezwungenheit, «das andere wird sich dann schon finden.»

Aus einer kleinen Nebenstraße traten sie auf den Platz hinaus. Die große Fläche lag ganz im Dunkeln, nur in einer Ecke wurde im Licht einer Laterne ein Stück des sandigen, unebenen Bodens sichtbar. Am Himmel, genau über dem Platz, stand die rote Mondsichel, durch einen Nebelstreif in zwei Hälften zerschnitten. Dort, wo die Dunkelheit am dichtesten war, erkannte Agostino das gesuchte Haus an seinen weißen Fensterladen wieder. Sie waren alle geschlossen und kein Lichtstrahl drang nach außen. Tortima ging unbeirrt auf die Villa zu. Aber als sie in der Mitte des Platzes unter der Mondsichel waren, blieb er einen Augenblick stehen und sagte zu Agostino: «Gib mir das Geld, es ist besser, wenn ich es habe.»

«Aber ich . . .» begann Agostino, der Tortima nicht traute.

«Willst du es mir wohl geben», drohte dieser. Agostino schämte sich wegen des vielen Kleingelds, aber gehorsam leerte er seine Taschen in die Hände des Gefährten. «Jetzt halte den Mund und folge mir», sagte Tortima.

Je mehr sie sich der Villa näherten, um so stärker lichtete sich das Dunkel; zuerst erkannte man die Pfosten des Gitters, dann den Weg und das Haustor. Das Gitter war angelehnt, sie stießen es auf und betraten den Garten. Auch die Tür war nur halb geschlossen, Tortima erklomm die Stufen und trat ein, nachdem er Agostino noch einmal bedeutet hatte zu schweigen. Agostino betrachtete neugierig die kleine, leere Vorhalle. Sie führte zu einer Schwingtüre, durch deren Flügel aus blauen und roten Gläsern warmes Licht herausfiel. Ihr Eintritt hatte eine kleine Glocke in Bewegung gesetzt, bei deren Klang sich sofort ein massiver Schatten hinter den Gläsern abzeichnete – wie von einer sitzenden Gestalt, die sich erhebt – und eine Frau erschien in der Türe. Sie machte einen behäbigen, mütterlichen Eindruck, ihr üppiger Busen war in ein schwarzes Gewand gepreßt und ein kleines weißes Schürzchen vervollständigte das Bild einer Kellnerin. Das aufgedunsene, verdrossene Gesicht unter den wirren Haarbüscheln richtete sich argwöhnisch auf die beiden. «Wir sind's», sagte Tortima. Aus seiner Haltung und dem Klang der Stimme konnte Agostino entnehmen, daß auch der sonst so dreiste Tortima verschüchtert war. Die Frau schätzte sie einen Augenblick lang mit deutlichem Mißtrauen ab, dann nickte sie Tortima schweigend zu und ließ ihn eintreten. Tortima grinste erleichtert und schob sich durch die Tür. Agostino wollte ihm folgen. «Nein, du nicht», damit hielt ihn die Frau an der Schulter fest.

«Wie», erboste sich Agostino und verlor auf einmal seine Schüchternheit, «warum darf er denn hinein und ich nicht?»

«Eigentlich darf keiner von euch hinein.» Die Frau schaute ihn dabei durchbohrend an. «Ihm will ich es noch mal durchgehen lassen, aber dir nicht.»

«Du bist noch zu klein, Pisa», höhnte Tortima. Damit verschwand er; sein gedrungener Schatten zeichnete sich noch einen Augenblick lang hinter den bunten Gläsern ab, dann wurde er unsichtbar.

«Und ich –» drängte Agostino, erbittert über Tortimas Verrat.

«Mach, daß du fortkommst, Junge! Geh nach Hause!» befahl die Frau. Sie ging ans Tor, stieß es auf und stand zwei Herren gegenüber, die gerade eintreten wollten. «Guten Abend... guten Abend...»

wünschte der erste, ein jovialer Mann mit dickem, rorotem Gesicht. «Wir sind uns doch einig, was?» wandte er sich an seinen Gefährten, einen schmächtigen, blassen Blondkopf. «Wen la Pina frei ist, dann nehme ich sie, da gibt es keine Geschichten.»

«Schon gut, schon gut», sagte der andere.

«Und was will denn der da?» fragte der Dicke und deutete auf Agostino.

«Er wollte auch hinein», erwiderte die Wirtin. Ihr Mund verzog sich zu einem schmeichlerischen Lächeln.

«Du wolltest da hinein?» schrie der Dicke Agostino an. «In deinem Alter gehört man um diese Zeit nach Hause, nach Hause, nach Hause!» Dabei fuchtelte er vor Erregung mit den Armen.

«Genau dasselbe habe ich ihm auch gesagt», beteuerte die Frau.

«Und wenn wir ihn mit hineinnehmen würden?» überlegte der Blonde. «Ich habe in seinem Alter schon mit den Dienstmädchen angebändelt.»

«Unsinn! Nach Hause!» schrie der Dicke immer noch aufgeregt. Gefolgt von dem Blonden entschwand er darauf durch die heftig aufgestoßene Flügeltür. Agostino befand sich plötzlich wieder draußen im Garten, ohne zu wissen, wie er dorthin gelangt war.

So war alles übel ausgegangen, dachte er traurig. Tortima hatte ihn verraten und obendrein noch sein Geld mitgenommen, während man ihn verjagt hatte. Nun wußte er gar nicht mehr, was er tun sollte. Er wich langsam auf dem Gartenpfad zurück und betrachtete dabei noch einmal das ganze Haus mit seinen weißen Laden und dem kleinen Balkon über der Türe. Ein brennendes Gefühl der Enttäuschung erfüllte ihn, vor allem, weil ihn die beiden wie ein kleines Kind behandelt hatten. Das Geschrei des Dicken, das kalte, berechnende Wohlwollen des Blonden erschienen ihm nicht weniger demütigend als die ausdruckslose Feindseligkeit der Frau. Als er sich dem Ausgang näherte, entdeckte er plötzlich ein helles Viereck auf dem Rasen neben der linken Seite des Hauses. Hier mußte Licht aus einem geöffneten Fenster des Erdgeschosses fallen. Vielleicht konnte er dort wenigstens einen Blick in das verbotene Haus werfen. Vorsichtig näherte er sich der erleuchteten Stelle.

Es war so, wie er vermutet hatte. Das Fenster stand offen und heller Lichtschein drang nach außen. Das Fensterbrett war nicht hoch, leise zog er sich empor und bemühte sich krampfhaft, dabei möglichst wenig ins Blickfeld zu geraten.

Endlich konnte er hineinsehen.

Das grell erleuchtete Zimmer war klein. Eine auffallende Tapete mit großen schwarzen und grünen Blumen bedeckte die Wände. Gegenüber dem Fenster war ein großer roter Vorhang mit Ringen an einer Messingstange befestigt und schien eine Tür zu verhüllen. Möbel waren keine vorhanden, jedoch mußte jemand in der Ecke sitzen; Agostino konnte nur ein paar lange Beine mit gelben Schuhen an den Füßen sehen. Vermutlich saß dort ein Mann gemütlich ausgestreckt in einem Sessel. Agostino wollte sich gerade enttäuscht zurückziehen, als sich der Vorhang plötzlich teilte und eine Frau hervortrat.

Sie war mit einem weiten Gewand aus azurblauem Voile bekleidet, das Agostino an die Nachthemden der Mutter erinnerte. Der durchsichtige Stoff reichte bis zu den Füßen. Unter diesem Schleier zeichneten sich die weißen, langen Glieder der Frau wie in blauem Wasser ab. Das Oberteil des Gewandes erweiterte sich zu einem ovalen Ausschnitt, aus dem die nackten Brüste herausstachen, umgeben von straffen Gewandfalten, die sich am Gürtel wieder vereinten. Die gewellten braunen Haare hingen lose auf die Schultern herab. Das flache, bleiche Gesicht zeigte eine verdorbene Kindlichkeit in dem launischen Ausdruck der müden Augen und den lockenden, brennend rot gemalten Lippen. Die Hände hinter dem Rücken gefaltet, die Brust vorgestreckt, so trat sie aus dem Vorhang und blieb eine Weile schweigend, abwartend und unbeweglich stehen. Sie schien den Mann in der Ecke anzublicken, dessen Füße sich bis in die Mitte streckten. Schweigend, wie sie gekommen war, drehte sie ihm dann den Rücken, hob den Vorhang und verschwand. Sofort zogen sich die Füße des Mannes aus Agostinos Blickfeld zurück, man hörte ein Geräusch, als stände jemand auf; erschrocken sprang Agostino vom Fensterbrett herunter, lief den

Gartenpfad entlang, öffnete das Gitter und trat auf den Platz hinaus.

Er war tief enttäuscht über seinen fehlgeschlagenen Versuch; zugleich erfüllte ihn Schrecken über das, was ihn in der nächsten Zeit erwartete. Nichts hatte er erreicht, dachte er, nicht einmal in die Nähe einer Frau war er gelangt. Tortima hatte ihm die Groschen fortgenommen und am nächsten Tag würde von neuem der Hohn der Jungen beginnen, wie die unlautere Qual seiner Beziehungen zur Mutter. Einen Augenblick lang hatte er ja einen der begehrten Frauenkörper gesehen im Schleiergewand mit entblößter Brust. Aber er war sich unbewußt darüber klar, daß dieses zweideutige Bild ihm auf lange Jahre hin als einzige Erinnerung genügen müsse. Denn viele leere, unglückliche Jahre würden vergehen, ehe er jene befreiende Erfahrung machen könnte. Erst wenn er so alt sei wie Tortima, dachte er, würde er sich von dem undurchsichtigen Hindernis seines Entwicklungsalters für immer losmachen können. Aber so lange blieb ihm nichts übrig, als im gewohnten Trott weiterzuleben, und sein ganzes Innere rebellierte bei diesem Gedanken im bitteren Gefühl einer unabwendbaren Unmöglichkeit.

Zu Hause angekommen, schlich er sich leise hinein, sah in der Halle das Gepäck des Gastes und hörte Stimmen hinter der Wohnzimmertür. Behend sprang er die Treppen hinauf und warf sich auf sein Feldbett im Zimmer der Mutter. Im Dunkeln riß er sich schnell die Kleider herunter, warf sie auf den Boden und kroch unter das Leintuch. Mit aufgerissenen Augen starrte er in die Dunkelheit und wartete.

Nach einer Weile glaubte er einzuschlummern, dann schlief er plötzlich wirklich. Mit einemmal schoß er wieder empor. Die Lampe brannte und beleuchtete den Rücken der Mutter, die gerade ins Bett steigen wollte. «Mama», sagte er atemlos in beinahe heftigem Ton.

Die Mutter wandte sich um und kam zu ihm. «Was hast du denn, Liebling?» Auch ihr Hemd war durchscheinend, wie das Gewand der Frau in jenem Haus, wie dort zeichnete sich der Körper in Umrissen und undeutlichen Schatten ab.

«Ich will morgen abreisen», sagte Agostino in verzweifeltem Ton und versuchte dabei, nicht den Körper, sondern das Gesicht der Mutter zu betrachten.

Überrascht setzte sich die Mutter auf das Bett und sah ihn an. «Aber warum denn? Was hast du denn plötzlich? Bist du nicht gerne hier?»

«Ich will morgen abreisen», wiederholte er störrisch.

«Das wollen wir uns noch überlegen», beruhigte ihn die Mutter und fuhr verstohlen über seine Stirn, um zu prüfen, ob er fiebere, «fühlst du dich nicht gut? Oder warum willst du fortfahren?»

Agostino antwortete nicht darauf. Das Hemd der Mutter erinnerte lebhaft an jenes andere, in derselben Durchsichtigkeit und der gleichen trägen, dargebotenen Blässe des Fleisches, nur war das Hemd geschlossen und wurde dadurch noch verstohlener, intimer. So schob sich das Bild jener Frau also nicht als erhoffter Schirm zwischen ihn und die Mutter, dachte Agostino, sondern bestätigte nur noch stärker die Weiblichkeit der letzteren.

«Warum willst du denn abreisen?» fragte sie ihn noch einmal. «Bist du denn nicht gerne mit mir zusammen?»

«Du behandelst mich immer wie ein kleines Kind», sagte Agostino unvermittelt, ohne recht zu wissen, warum.

Die Mutter lachte und streichelte ihn. «Gut, dann werde ich dich also von nun an wie einen Mann behandeln. Ist dir das lieber? Und jetzt wird geschlafen! Es ist schon sehr spät.» Sie beugte sich herab und küßte ihn. Das Licht verlöschte. Agostino hörte, wie sie sich ins Bett legte.

‹Wie ein Mann›, mußte er noch einmal denken, bevor er einschlief. Aber er war ja noch gar kein Mann. Und lange, unglückliche Jahre würden vergehen, bis er einer wäre.

Alberto Moravia

Gefährliches Spiel. Roman (331)

Die Römerin. Roman (513)

Die Gleichgültigen. Roman (570)

Cesira. Roman (637)

Die Mädchen vom Tiber
Geschichten aus Rom (673)

Römische Erzählungen (705)

Der Konformist. Roman (5629)

La Noia. Roman (876)

Inzest. Roman (1077)

Die Lichter von Rom
Neue römische Erzählungen (5628)

Ich und Er. Roman (1666)

Das Paradies. Erzählungen (1850)

Ein anderes Leben. Erzählungen (4083)

Desideria. Roman (4757)

1934 oder Die Melancholie
Roman (5485)

Die Verachtung. Roman (5627)

Agostino. Roman (5630)

Der Ungehorsam. Roman (5631)

Judith in Madrid
Erzählungen (5834)

Literatur für Kopf Hörer

Otto Sanders liest Robert Musil
Drei Frauen
Grigia, Tonka
2 Tonbandcassetten im Schuber mit
je 90 Minuten Spieldauer
(66005)

Armin Müller-Stahl liest
Vladimir Nabokov
Der Zauberer
Deutsch von Dieter E. Zimmer
2 Tonbandcassetten im Schuber mit
je 90 Minuten Spieldauer
(66005)

Uwe Friedrichsen liest
Kurt Tucholsky
Schloß Gripsholm
3 Tonbandcassetten im Schuber mit
je 90 Minuten Spieldauer
(66006)

Christian Brückner liest John Updike
Der verwaiste Swimmingpool
Der verwaiste Swimmingpool,
Wie man Amerika gleichzeitig liebt und verläßt
Deutsch von Uwe Friesel und Monika Michieli.
1 Tonbandcassette im Schuber mit
90 Minuten Spieldauer
(66004)

Produziert von Bernd Liebner

Rowohlt
Cassetten
C 2321/2 a